世纪文景

北京世纪文景文化传播有限责任公司　出品

你不孤单

[日]石黑谦吾 著
黄文娟 译

世纪出版集团 上海人民出版社

目录

八点钟的柴犬

即使过了三十年，这段记忆依然保持着最初光鲜的色泽。失去了衡量时间轴的基准，感觉不出“刚才”与“那时”到底间隔了多久，就像站在一幅刚刚完成的画卷前，回忆起在雪白的画布上落下第一笔的瞬间，仿佛就在昨天。

发觉我的靠近，那只狗睁开眼睛。它抬起头，项圈上的铃铛发出细微的碰撞声。接着，它四条腿支撑着身体慢慢站起来，用这种低调的方式欢迎我的到来。“哟，次郎！”我跟它打了声招呼，在它面前弯腰蹲下，贴近到鼻子对鼻子。在我用右手不停摸它的头的时候，它也在目不转睛地看着我。

每天下午四点四十五分，我与它都重复着初次见面时的仪式，而且耳畔一定会响起帕赫贝尔的卡农[①]。不过，那纤细流畅的巴洛克音乐是在我的脑海中响起，真正的旋律在这个地方响起要到三个小时之后了。

从傍晚到末班电车结束的这段时间里，我在一家叫“名曲咖啡厅”的地方打工。“二战”后出现了很多播放古典音乐的咖啡馆，不过进入一九七〇年代后开始逐年减少。现在，这条可以俯瞰河道的学生街上就只剩下两家了。

这栋战后建起的五层建筑号称“东洋第一大咖啡厅”，客容量大，雇员也多。这种规模，曾让只见过乡下小茶馆的我非常震惊。在法国梧桐林立的街上，可以听到学生们的欢笑声、“空气补给”乐队[②]和博兹·斯卡

① 帕赫贝尔的卡农（*Pachelbel's Canon*）：约翰·帕赫贝尔最著名的作品，也是最著名的卡农乐曲。作于1680年前后，是巴洛克时期的室内乐作品，采用数字低音手法，供三个小提琴演奏。——译者注，后同

② “空气补给”乐队（Air Supply）：一支欧美流行音乐派系乐队，1980—1985年处于鼎盛时期，歌曲曾经风靡全球。

格斯[1]的歌声；在厚重的大门内，则充满了小提琴与钢琴柔和的音调。

次郎就被养在这种地方。与其说是这家店饲养，不如说是被店主拴在后门，由过往的行人照顾。

初次见到它是在我来这里打工的第一天。那天，我走下长长的缓坡，穿过车站前的大街绕到咖啡厅后门。有生以来第一次从事服务行业，心里不免有些紧张。本想顺着外面的铁架楼梯直接爬上五楼的员工更衣室，却在一楼的混凝土楼道里，看到了被绳子拴着、趴在夕阳下睡觉的次郎，我紧绷的嘴角顿时放松了下来。

从懂事以来到高中毕业，家里一直都养狗。上京之后，也许是因为生活在没有狗的环境下倍感压力，所以现在，只因为眼前出现了一只狗，紧张的情绪一下子

---

① 博兹·斯卡格斯(Boz Scaggs)：美国音乐人。上世纪七八十年代流行一时的 Adult-Oriented Rock 的代表歌手之一。

就被化解了。我不由得蹲下来去摸它的头。

咦?

有人毫无顾忌地接近我。

但是,是陌生人的味道。

哎呀,怎么一上来就摸我的头?

喂喂,摸得太狠了我会头晕。

嗯?身上有狗的味道。

是从衬衫上散发出来的。

裤子上蓝色那部分有颜料的味道。

接下来会摸我的喉咙吗?会帮我揉肚子吗?

真好真好!

一直在笑啊,

看来很熟悉狗的习性呢。

我抱着想靠画画生活下去的梦想来到东京,在没有父母资助、一个人生活的情况下,不得不自己赚取学费和买画具的钱。对于我这种背水一战的穷学生来说，时薪当然是越高越好。地点最好选在艺术大学的预备校[1]可步行到达的范围内，时间控制在五点到十二点之间。这时，恰巧在打工情报杂志上看到名曲咖啡厅的招聘广告。所以我并不是因为喜欢古典音乐这么感性的理由才在这里打工的。

透过更衣室的窗户，我看着下面河道沿岸挤满学生的车站，手里还不停地打着蝴蝶领结。五点钟要准时站到侍者固定的位置上，然后就这样一直站到十一点关店为止。工作内容就是奔走于宽敞的店内，应付客人源源不断的点餐要求，根本没有休息的时间。

途中忙里偷闲的十五分钟，是我每天都期盼的宝贵时光。一到八点钟，就是我被叫出去“倒垃圾”的时间。将早上留在店内的垃圾集中到一楼处理，是之前店里就有的规定，我在打工的第一天就被店长任命干这项工作。

① 预备校：为想进入专科学校，特别是大学的人提供的针对入学考试培训的学校。

刻意营造宁静氛围的名曲咖啡厅当然不会用广播通知店内员工准备倒垃圾，每天一到八点钟，就会播放约定俗成的曲子——帕赫贝尔的卡农。

“巴洛克的名曲跟垃圾这个词一点都不配。”

虽然我每次都这么想，不过小提琴、管乐器与管风琴的合音，却像画笔蘸满了颜料一般逐渐被我的身心吸纳。

抱着装满咖啡豆残渣和吃剩的面包屑的塑料桶从账台后门出来，乘上外部的小型升降机把它搬到一楼，这种程序要上上下下反复好几次。

在光线昏暗的后门，重复倒垃圾这种消极行为，勾起了我离开故乡后，因生活贫苦而沉淀在内心深处的凄凉。就跟吃完方便面后，或者钻进冰冷的被窝瞬间产生的寂寥感一样。招待客人时笑容的深处，勉强隐藏起来的负面感情，在随着卡农的音乐走出室外的刹那，就像决堤的洪水一样涌出来。但是这波感情，在我低头看一楼楼道的瞬间就云消雾散了。

连伙食费都入不敷出、经常吃不饱肚子的我，开始打工后找到了一种可以果腹的方法——将客人没有点的三明治写在订单上，然后装作端给客人的样子迅速溜进厕所，这样三片混合三明治就顺利地流入了我的胃袋里。

但是数日后，三片变成了两片。另一片留在了黑色长裤的口袋里，它的终点站在八点钟的后门。

跟次郎一起蹲在楼道里，透过一楼账台的玻璃窗，卡农的音乐声若有似无地流泻出来。不同乐器反复演奏的旋律，伴随着咖啡的清香感染了蹲在黑暗中的我，和端坐在我面前的柴犬[1]。就像在管乐器中加入弦乐器或管风琴声音会膨胀一样，随着我叫次郎的声音越来越响，它的耳朵"噌"地一下竖起来，然后前爪交替地轻轻抬起，望着我的眼睛，用小到几乎听不见的声音

① 柴犬：原产地在日本本州与四国的山岳地区，是古老的日本犬种。雄性身体长38—41 cm，属于小型犬种。1936年被日本政府指定为天然纪念物，是日本目前被饲养最多的犬种。在海外也大受欢迎。

“呜……”地低鸣。

倒完垃圾回到店里之前，我会将塞在口袋里挤碎了的三明治拿出来喂它。次郎就像我在厕所里一样一口吞了下去，然后瞪着一对“还能不能再给我点”的大眼睛窥探着我的手边。

“看吧，没有了哦。今天就吃这些吧。”我对它轻轻挥了挥手向大厅走去。当它在我的视野中消失的瞬间，我叹了口气，将松开的蝴蝶领结扎紧。

是香烟的味道啊，

我不喜欢。

还有酒的味道哟，

我也讨厌。

颜料的味道渐渐消失了……

身上沾的味道好像也变了。

不过，只要是你的味道，

我都喜欢。

渐渐地，伴随在我身边的不再是希望，而是不安；不再是快乐，而是寂寞。

打工的时候，无精打采地将咖啡端到客人面前，忙的时候几乎是扔下托盘。对前辈的指使总是心怀不满，自己都能感觉到面部表情快死了。照镜子一看，虽然不至于产生强烈的危机感，但愁眉不展，就像脸上积了大块的乌云一样。

在学校里一天到晚就是学素描和油画，预备校的课程一结束我就直奔名曲咖啡厅。这样的生活开始后的第一个月，我就对自己的才能失去了信心，开始反思走绘画这条路是否太勉强。

在预备校的班级里，每到周六，老师会将学生本周完成的作品逐个点评，根据优秀程度从右上角依次向左排列。我的画永远被排在最下一层的左端，跟其他人的水平差异一目了然。这种挫败感逐渐演变成抗拒上学的状态。接着第二个月，我从对将来的不安，转变成每晚在房间里用便宜的烈酒麻醉自己。白天逃学去弹子房，周日就泡在赌马场。

将对艺术大学的憧憬、当画家的梦想统统抛在脑后，不，应该说正是为了忘记这一切，我才两点一线地往返于打工地点与住处之间，借酒精与打弹子逃避现实怠惰地生活着。

初秋，已经到了踩着满地的法国梧桐枯叶，挤在学生运动的公告栏前看文化节海报的季节。上京只有半年，酒精不仅麻痹了我的自卑感，连积极的思考方式都逐渐钝化消失了。

恰巧就在这种时候，店长告诉我咖啡店即将关门。因为大学向郊外迁移，客源逐年减少，这里已经没有什么利润可言了，所以一个月后咖啡厅将停业，改成游戏中心。突如其来的消息，宣告着所有的员工都将失业。当然，我也被迫接受这一现实。

踏着卡农的曲调出去倒垃圾的工作还在继续。比起不得不去另找新的出路，这十五分钟的时间将从我的生活中消失，更令我彷徨不安。而最让我心痛的，是再也见不到次郎这一事实。从那一天起，倒垃圾花费的时间越来越长，与狗聊天的内容也越来越多。

“我再不振作起来就不行了，是吧？”

“我之前到底想要干什么来着？”

“你，喜欢画吗？”

那天，一大早就开始下雨。工作结束后，我撑开伞一从后门出来，就看见次郎从小窝里爬出来，走到我以前一直蹲着的地方停下脚步，后腿一撑，身体稳稳地直立起来。

楼道上没有屋檐，看着鼻子上沾满水珠的次郎，我顿生捉弄之意，于是试着停住脚步不再靠近它。一直望着这边的次郎，茶色的毛被雨水打成了深色，雨水顺着它那像洗过的毛笔一样的毛的顶端滑到地面上。

因为下雨，你的味道被冲淡了。

不过，那肯定是你的眼睛。

虽然向上看，雨水会滴进眼睛里，

但是我还是要看着你的眼睛！

快过来啊，过来摸摸我。

在雨夜下，凝视着浑身湿透的柴犬，与它瞳孔中映出的黄色灯泡的反光，我的目光，仿佛跟雨水一起被次郎的身体吸收了一般。次郎始终没有移开视线。

我脑海中又响起了巴洛克的音乐，感觉只有时间和音乐在流动，其他所有的一切都静止了。好想永远跟次郎一起听卡农！我把伞一扔，向它飞奔过去。

“你会一直都关注着我吧……”

见证了数十万人青春的名曲咖啡厅，宣告它历史性终结的瞬间已经迫近。最后一天，结束一天工作的员工们都齐聚在大门前，一遍遍地抬头望着这栋五层建筑，要将熟悉亲切的职场牢牢地印在脑海中……然后大家相互道别，一个一个地消失在夜色中。

我直到最后，都留在后门的楼道口。手里拿着一张老唱片。

店长说店员每人可以拿一张自己喜欢的唱片，肖邦、贝多芬、舒伯特、柴可夫斯基……大家都选了店内大受欢迎的或者很难弄到手的珍贵唱片，没有人注意到这张连音源和封套都擦伤了的、画有城堡的唱片……我却毫不犹豫地选了它。

我觉得，只要听到这首曲子，想起那个雨夜柴犬的眼睛，自己就不会再迷失方向，可以继续坚强地活下去。八点钟的卡农，次郎，都在背后默默地推着我前进……

手里拿着陈旧的唱片套子，来到没有任何人的后门，在这个老地方，像往常一样，我站在柴犬面前低头看着它。打开从仓库里拿出来的手提式留声机的盖子，将唱针放在唱片上。管风琴的低音就像后门的声音，令梧桐叶枯黄乱舞的寒风，同时也送来了咖啡豆的清香。

我抱着次郎，次郎用温热的舌头舔着我的额头。在裸露的灯泡下，人与狗的身影一动不动，无言地静待着时间的流逝。

次郎嗅着我的味道，我也深深地将次郎的味道吸入鼻腔内。

现在，我在自己的事务所前俯视着来来往往拥挤的学生群，桌上的 CD 机里放着巴洛克的音乐。身旁的某张 CD 封套上画着一座城堡，那是我第一次为 CD 封套画的插图。

今年夏天更美好

哗啦——

腋下夹着冲浪板的男人从海里爬上岸，海水沿着他健美黝黑的胸肌顺流而下……

穿着溅满酱汁的围裙，像往常一样站在马口铁皮的屋檐下做炒面的和也，听到声音不由得向那边瞄了一眼。他的脸被铁板的热风烤得通红，手里还麻利地操纵着银色的小铁铲。

这间“海之家[1]”坐落在有名的海滨一角，后面不

① 海之家：只在夏季搭建在海边的临时设施的总称。为海水浴场的客人提供住宿、更衣、休息以及饮食的场所。

大，顾客也不多，看上去很悠闲。不过一到晴天的午后，还是会让五个打工的人忙得团团转。今年夏天开店一个多星期以来，从早上做准备到晚上关店为止，和也都跟当地的四个打工的大学生混在一起。

“和也，追加三份炒面，麻烦你快点。”

已经炒得香喷喷的面嗞嗞作响，在倒入酱汁的瞬间，声音突然爆炸似的“嘭”地上扬，铲子与铁板的碰撞声就像中世纪战场上兵刃相向的打斗声，海浪还时不时地插进来，像打拍器一样发出规律的节奏。

对于自由职业者和也来说，像这样每个季节随性地找个工作的生活，今年已经是第三年。这是他第一次在海之家打工。前两年的夏天，他都在开往小笠原的定期船的小卖部里做炒面。他觉得夏天就该做这种汗流浃背的工作。

只做跟海有关的工作而不问其他，是因为自己的故乡会津若松没有海。无论在船上还是在海边，只要听到“哗啦哗啦”单调反复的海浪声，就会陷入一种跟海水完全同化的错觉当中，感觉自己的身体像烈日下的水母一般溶于大海。被这种最原始的感官包围着的时光，是无上快乐的。

“是冲浪的人啊……”

和也嘀咕着。也许是因为东北出身，他虽然同样晒得很黑，却没有海边男儿特有的味道。相比之下，他的同伴都是本地的大学生，黑黝黝的皮肤跟大海有说不出的相称。不过他们倒是跟和也这个异乡人很合得来。

“好可爱的狗啊，叫什么名字？”

坐在有榻榻米的席位上，带全家人过来吃饭的一家之主向打工的人询问。

“叫利奥。”

在这儿打工的是五人加“一只”，这一只就是被客人问及的黄色拉布拉多猎犬[①]。这间海之家的主人在附近经营造园业，早上会把自己的狗带过来，关店的时候过来接它。

即使在喜欢亲近人的拉布拉多犬当中，利奥也算是特别黏人的。两岁的小公狗，正值精力旺盛的年龄。只要有客人来，它就会迎面冲上去直到将牵绳扯到极限。如果有人来到它身边，它还会猝不及防地舔对方的脸。

偶尔也会有客人就像这家人一样，看到店里有狗觉得有趣才进来。所以利奥多少还起了点“招牌犬”的作用。趁休息的空当，打工的五个人会轮流过来宠溺地抚摸着利奥，顺便陪客人聊聊天。

不知不觉中，太阳已经换上了橘黄色的潜水服，开始往海里钻。

男人们虽然一直照顾利奥，但是在工作中，还有比

① 拉布拉多猎犬：中大型猎犬。起源于19世纪初，来自纽芬兰。是当地渔民拉网上岸的好帮手。现今除了作为猎犬外，还被广泛训练成警卫犬及导盲犬。此外，也是常见的伴侣犬。

利奥更值得他们关注的对象——身着泳装的妙龄少女们。只要看到店门口有成群的女孩经过，他们就会相互使个眼色，瞬间指出自己喜欢的类型。在招揽客人的时候，从招呼的方式就能听出小伙子有多积极。

“进来坐坐吧，里面可凉快了！”

只要把中意的对象当做客人拉进店里，就能名正言顺地上去搭讪。既可以说笑攀谈又能附赠饮料，顺利的话还能打听到对方的电话号码。这已经是不折不扣的滥用职权了。

但是和也却做不到。他当然也会去关注女孩们，不过男女之间只穿一件泳衣坐在一起，散发着异样浮躁的气息，这种感觉让他觉得不舒服。特别是遇到聒噪的女孩，光是听声音就让他退缩。到底是因为不想跟对方扯上关系，还是觉得“那么外向的女孩不适合自己”，他本人也不清楚。就这样，今年夏天和也注定又要过没有女朋友的单身生活了，虽然觉得有点寂寞，不过他从不会去纠结这种事，觉得顺其自然就好。

过了八月末，海之家就进入了淡季，闲到开始怀念前几天的忙碌生活。五个人一边照顾着利奥，一边无精打采地工作着。大家的表情、动作和声音当中都渗透出一种留恋，留恋着所剩无几的打工生活，留恋着跟朋友和很多女孩一起度过的快乐时光。

早上的准备工作也变轻松了，和也每天早上第一个起来带利奥去海滨散步。只要将球投向大海，利奥就会踏着海浪冲出去，再浑身湿漉漉地把球捡回来。不管重复多少次，只要和也手里拿着球，面对着海说“再来一次”，它就会随时准备往外冲。

“还要玩啊？真是的，那——看球！”

接近三十公斤的狗踩踏海水的声音像打鼓一样，为海浪单调的旋律添加了强烈的节奏感。

这时，伴随着海浪声，有个人影逐渐向这对人与狗的组合靠近。她穿着不适合在沙滩上行走的长裙，拥有附近难得一见的雪白皮肤和乌黑的长发，散发着与大海格格不入的气息。女孩侧目望着撒欢的利奥，从他们身旁慢慢走过，擦肩而过时与和也目光相对。

第二天相同的时间，她又出现了。过了一天，又过了一天，她每天都会从海边经过，和也还是每天陪着利奥玩。两个人与一只狗之间，在同一个时间，同一个地点，重复着同一个动作模式，就像广告的定格画面一样。

如果用摄像机拍下来的话大概是五分钟左右的时间，看到女孩从远处接近——擦肩而过——背影逐渐变小。

和也觉得这就像海浪声：随着浪潮逐渐接近，声音越来越响，在冲撞的瞬间达到了顶峰，然后慢慢退去恢复平静。而他自身产生的“关注”的浪花，却在日复一日地不断高涨。和也现在清楚地意识到，想要寻找那朵浪花在记忆中停驻的理由毫无意义。

从他决定“今天一定要跟那个女孩说话”开始，已经过了一个星期，到现在还没能搭上一句话。连名字都不知道的长裙女孩，今天早上也从远处的柏油马路上走下沙滩。无奈，要东北人鼓起勇气实在是太难了，所以他只能用目光追随着女孩从身旁走过。海浪带走了她的足迹，她的身影也将逐渐消失，就在不可能再发生什么的时候——

“哎呀，不行！快回来！”

一位大婶的叫声，让两人同时转头向路边望去。一只牧羊犬突然穿过两人之间，向海边的利奥飞奔过来，两只狗开始追逐嬉戏。

因为突如其来的事件停下脚步的长裙随风摇曳，站在相互追逐的利奥与牧羊犬之间的女孩，视线正好与和也撞上。

“……很喜欢海吧。”

“啊，对，所以我在那边的海之家打工。”

“呃……我是说那只狗很喜欢海吧。”

"啊……它啊,没错没错,它是很喜欢海。"

虽然开始的对话有些文不对题,但还是缓和了两人之间的气氛,望着两条追来追去的大狗,他们开始聊天。

女孩是住在附近的大学生,每天早上出来散步是最近才开始的。和也因为狗儿们带给他突如其来的礼物而情绪激动,脑海中一片空白,之前想问的话一个都想不起来了。他为在这种场合找不到话说而焦躁,紧张得汗流浃背。最后还是决定回到狗的话题上。

"拉布拉多猎犬,是以前渔民为了方便拉网上岸才养的狗。"

和也说话不再加敬语,他按住玩够了跑回他身边的利奥,让它坐下。

可以清楚地听到利奥急促的鼻息声。为了让它安静下来,和也不停地抚摸它被海水弄湿的头、背部、腹部、胸部和尾巴。脉搏强烈的鼓动伴随着温热的触感从他手掌传来。和也抓住它的前爪,将粗大的脚趾分开给女孩看肉垫。

“看，所以它的脚之间有脚蹼。”

他拿老板的话现学现卖，得意洋洋地讲述着，好像自己很久以前就知道了一样。不知不觉中，玩腻了的牧羊犬回到了主人身边，利奥也离开了不再投球的伙伴，跑到远处，在留下退潮痕迹的沙滩上嗅来嗅去，就像聪明地察觉到他们之间的暧昧气氛一样。

向陆地进攻的海浪是大三和音，撤退的海浪是小三和音。在人影稀疏的早潮之际，海水产生两种和音，与沙石冲撞的海浪发出重低音的旋律。期间，所有的声音都亦近亦远地重合，只留下余音缭绕。就像演奏会会场一样，立体的音场在两人的周围覆盖了一个球形天盖。

听和也说话的女孩也很自然地不再用敬语。海浪的演奏会就像计算好时机一样，时不时地插入两人的对话间隙中。女孩有些羞涩地低着头说话，强烈的海风扯起她乌黑的长发，浓浓的潮水与淡淡的香波气息扑面而来。

“每天经过，我都会关注这边。”

“关注利奥吗？”

“咦？！……”

和也的心脏像刚才的利奥一样强烈地鼓动着，他试着伸手握住还残留着夜晚凉意的沙子。

海浪的声音，已经无法再传进他的耳中。

你不孤单

日本海附近城下街的小镇，傍晚总是被厚厚的乌云笼罩，就像一幅用灰色的颜料稀释后层层覆盖的风景画。饱含湿气的热风，顺着铺满黑瓦的屋檐缝隙不断地往房间里灌，感到闷热的少年不由得擦了擦脸上的汗水。

这是一栋郊外的两层木造老建筑，面朝狭长的小道。少年从裤兜里掏出钥匙，粗暴地打开门走进昏暗的玄关。少窗的和室里又黑又静，偶尔会有汽车红色的尾灯映在窗户上。玻璃一震，窗框就跟着咔哒咔哒作响。

少年是家中独子，没有母亲。两岁时父母离婚，爸爸拿到了抚养权。家中妈妈的照片都被丢弃了，所以少年根本不记得她的脸。住在一起的奶奶在他三年级时生病住院，之后他就只能跟父亲两个人生活。

父亲是长途卡车司机，一大早就开着停在后院空地上的卡车出门了，回来时大多是深夜。放学后等待少年的，是不时闯入六张榻榻米[①]大小的狭小室内的引擎声，和一个人孤独寂寞的时光。这样的生活从半年前开始持续到现在。

“想养只狗吗？”

星期天早上，躺在被窝里抽烟的父亲，弹了弹烟灰转头问他。

“呃，狗？想是想……怎么突然提到这事？”

少年对毫无征兆的话题感到迷惑。父亲就将前一晚的事告诉他。原来昨晚他在附近的香烟铺前看到一张贴纸，上面写道：“有柴犬幼崽，想养狗的人请把它带

---

① 榻榻米：铺垫房间的草席，文中此处是作为计量房间面积的单位。它通常的规格是 900 mm×1 800 mm。

走。"独生子的寂寞与无奈父亲看在眼里，这半年来他一直在想办法，但也不能突然换工作。正当他烦恼的时候看到了这张贴纸。于是，本来就喜欢狗的父亲立刻行动了。

在窄小的香烟店铺内，父子俩探头向纸箱内张望。在箱子的角落，一个茶色的小肉球蠕动着。

"生了四只，三只已经被人领养了，就剩下这孩子了。"

"跟我一样，变成一个人了。"

少年小声嘀咕着。父亲扬起下巴催促他去确认。他像掬水一样小心翼翼地用双手将幼犬轻轻捧起，还没睁开眼睛的小家伙就像在说"看我粉红的小肉垫儿"一样，前腿交替着拼命向前伸，小脑袋颤巍巍地抖动着。父子俩已经没什么好犹豫的了。

小不点儿。

"因为小所以叫小不点儿。"少年随口给幼犬起了个名字。就这样，雌性的柴犬加入到都是男人的生活当中。

放学后，目睹朋友们纷纷前往辅导班的身影，少年今天的目的地还是超市。今天购物篮里放的东西是：卷心菜、豆芽、胡萝卜、白萝卜、豆腐、鸡蛋、火腿、土豆饼、速冻汉堡、方便面、洗洁精……装袋后立刻踏上回家的路。以前空无一人的房间里，现在已经有了等待自己的对象。想到这里少年的脚步就变得轻快起来。

一将钥匙插进锁孔，就听见里面爪子抓门的声音和幼犬“呜……呜……”的哼叫声。为了不让小不点儿摔倒，少年轻轻地拉开门，小家伙却迎面扑来，卷曲的尾巴拼命摇，眯起眼睛撒娇似的不停地啃少年的手指，然后又换成吧唧吧唧地舔少年的唇边。少年用双手抚摸着小不点儿的背部，蹲在玄关暂时无法动弹。

之后带着小不点儿出去散步一小时，在镶着红边的乌云下，午后骤雨制造的水洼中映出一人一狗的身影。低头看着脚边像玩偶一样摇摇晃晃的小不点儿，平常一听到就觉得烦的汽车排气声，现在听起来也变得悦耳。少年试着去体会，这难道就是大人们所说的“被幸福包围”的感觉？

散步回家后开始准备晚饭，将洗好的米放进电饭锅里，按下开关，登上厨房平台前的脚蹬子，拿着菜刀切卷心菜，然后用小手吃力地握住带大柄的炒锅翻炒。将豆腐和裙带菜干丢进味噌汤里，在盘子里盛上土豆饼和火腿。

接下来是小不点儿的份儿。在它的食盆里放进前一天做好的饭，浇上味增汤，上面撒满小鱼干，然后搅拌在一起。

把自己的晚饭放在桌上后，少年坐在榻榻米上，将犬用的食盆放在旁边，让小不点儿跟自己并排而“坐”。

“我开动了！”

听到可以吃饭的信号，早就淌着口水的小不点儿一头就扎进食盆里，狼吞虎咽地大口大口吃起来，瞬间就将晚饭一扫而光。食盆里没有留下一粒米。

“拜托你吃慢点好不好啊，这样岂不是又变成我一个人吃饭了？”

小家伙就像没听见一样，开始在榻榻米上东嗅西嗅，找找还有没有可以吃的东西。看到它这副样子，少年笑着将嘴里的土豆饼掰了个碎块扔给它，它立刻又吃了个精光。

吃完饭收拾完碗筷，少年就趴在榻榻米上看电视。小狗也在他肚子附近找地方趴下盯着画面。当少年被动画片的故事吸引，或是被娱乐节目逗乐的时候，小不点儿一定会在他面前晃来晃去。在狭小的房间里，九岁的少年与一只幼犬，只属于两个人的时间。

窗外驶过的卡车发出地鸣般的引擎声，少年望着小不点儿的眼睛，试着跟它说话。

“那声音，不知道是不是爸爸的车啊？”

听到他的话，幼犬转头看了看他的嘴边，视线又立刻回到画面上。这时车子已经驶远。

当电视里开始播放体育节目的时候，少年起身收拾矮桌。从壁橱里拿出被褥铺好，自己的被褥铺在房间里侧，爸爸的铺在门口。

铺好后少年钻进自己的被窝，旁边的被褥里空空的。拉下绳子关上荧光灯，却让电视机继续开着。他不喜欢夜晚的房间被寂静支配。

被子一铺就找不到自己的地盘，上一刻还在周围瞎转悠的小不点儿，下一刻就钻进少年的被窝里。它用鼻子拱着在被窝里开道，像钻小洞一样匍匐前进。到整个身体都钻进去的时候，就紧贴着少年的身体缩成一团。贴在腿上毛茸茸的感觉让少年很舒服。

不一会儿，小不点儿又从枕边钻出来。大概是觉得太热了，哈、哈地吐着小舌头，然后把头枕在两条前腿上，脸对着少年趴在他旁边。闻着幼犬有点奶臭的体味，少年心里想着不把它叫起来不行的时候，小家伙的气息已经趋于平缓。少年用手抚摸着小不点儿蜷起的后背，它顺势将脸蹭到少年的颈窝下。湿漉漉的鼻尖在喉咙附近蹭来蹭去，胡子碰到脖子的感觉好痒。

少年克制住想要紧紧抱住那茶色小肉球的冲动，只是用嘴轻轻去咬了咬它柔软的小耳朵。小家伙眼睛睁开了一条缝儿，用鼻子轻哼了一声又继续睡了。

看着紧闭的眼睛上茶色的睫毛，少年想起傍晚跟小不点儿一起散步时的情景。那时它又跑、又跳、又闹，还伸着小舌头。白天的狗是“动”，身体里充满了活力。

现在，在自己眼前，被电视机微弱的蓝光照在身上的小不点儿一动不动，细微的鼻息有规律地喷到喉咙附近。与白天相同的小生物，到了晚上就变成了“静”。

“咔哒”一声，感觉小不点儿的意识与自己内心深处的某种东西一下子联系在了一起。

夜晚的狗，来到了少年的身边。

深夜档节目中，不时传出的主持人的笑声变成了催眠曲，少年开始打盹。偶尔有卡车从远方驶来，少年睁开半只眼睛，小不点儿也只是耳朵动动、鼻尖稍稍抬起一点，等声音过去后，他们又跌入浅眠中。

这种情况反复几次后，电视上只剩下白花花的“沙尘暴”在沙沙作响。像把世界上的一切都否定了一般的杂音被封闭在昏暗潮湿的房间里。

睁开眼睛的小不点儿，伸出舌头贴在少年的脸上细细地舔。少年没有睁开眼睛，紧蹙的眉头偶尔动了动，发出细微的呓语。

身旁雌犬的心侵入到他的梦中，少年被母亲温柔的双臂抱着，将脸埋在妈妈的颈窝里。但当他抬起头时，却看到一张陌生的脸。

心里在疑惑，话却已经脱口而出。

“……妈妈……你在哪里……”

意识在幻觉与真实的境界里徘徊，突然听到如胎动般低沉的引擎声。

躺在床上的少年这次完全清醒了，睁开眼睛仔细听。小不点儿也抬起头竖起耳朵，孩子与雌犬不由得向窗外张望。

少年一下子从被窝里爬起来。

后院传来了卡车驶入的排气声。

杰克罗素梗幻象

抬头看了看地铁的楼梯，关上 ipod，小号声顷刻间就被头顶上方行驶的汽车声取代。好心情被打断的瞬间，其实没有那么糟糕。“快乐的事就留到下次继续吧！”摘下耳机一边安慰自己，一边又笑自己是不是有点 M 倾向[①]。

想去旧书店转转，于是今天又中途下车了。为了回应周围对自己“可靠大姐形象”的期待，不得不经常加班。难得没有加班的日子本想直接回家，心却像被

① M 倾向：即 Masochism，被虐倾向。

拖住的袖子一样，输给了想在这站下车的诱惑。

黄昏街灯照亮了老建筑林立的旧书店街。刚成为社会人的时候，很讨厌这条充满中年大叔品味的街道，非常讨厌。直到某天为了消磨时间在附近散步的时候，发现一家外文书店为止。

这家店的二手书都是跟美术有关的原版书。明知道离关门没多少时间，根本看不了什么东西，顶多也就是拿本书大致翻翻再换一本，但还是想将更多画家的工作结晶印入脑海中。在那里，有我从未去过的陌生的土地，陌生的语言，以及在我出生很久很久以前描绘的景、物与人。

我的兴趣是“绘画鉴赏”，听起来感觉很有个性，其实我只是喜欢这种“旅行”的方式而已。感觉像乘坐时间机器一样，嗖嗖地不断被画中的场面吸引进去。

将喜欢的画册拿在手中，总是翻到同一页。在这张画里，时钟就像布一样柔软，弯曲的树木垂吊着。已经不知道是第几次站在这里看这幅画了。它既有写实派的细腻又有现代派的美感，我特别喜欢它超现实主义的风格。

现在，我在书的外侧向画里张望：另一个我站在画中被涂成褐色的地面上，牵着以前养在老家的杰克罗素梗[①]。

正当我意识轻飘飘的感觉好像进入异空间的时候，金属卷帘门的声音响起，我又被迫回到了现实世界。在店主大叔刺得人发痛的视线下，不得已从拉到一半的卷帘下钻出去。我再次戴上耳机，里面放的是《展览会上的图画》。

从不听古典音乐的我，偏偏执着于这首曲子，说穿了只是因为它的名字而已。初中的音乐课上老师曾讲过，这是音乐家穆索尔斯基[②]在建筑家兼画家的亲友遗作展览会上产生灵感，从而创作的组曲。虽然

---

① 杰克罗素梗：19世纪在英国南部培养的白色梗类犬，主要是为了在地面上和地下捕捉欧洲红狐狸。这种梗是由约翰·罗素牧师培养出来的，由此得名。

② 穆索尔斯基：俄国著名作曲家。《展览会上的图画》是其器乐方面的代表作。

只是单纯地将绘画与音乐联系在一起，但当中散发出的高雅文化气息，让我这个常被流行左右的人自惭形秽。

原创是钢琴组曲，不过我更喜欢拉威尔[①]改编的、热闹的管弦乐版本。当中加入了很多短小的曲子，虽然相同的旋律多次重复演奏，却恰跟高效率的都市生活节奏十分吻合。

当当当当、当当、当当当当、当当……

当管弦乐清晰的演奏声一响起，街上所有的声音都被完美地屏蔽了。我开始在记忆中反刍刚才看过的几幅画。八点半，一边感受着电车的摇晃，一边享受着预留的快乐。

"看，我说得没错吧！"我一个人自言自语着，又回到最初的快乐时光。

---

① 拉威尔：法国著名作曲家。他将《展览会上的图画》改成同名管弦乐组曲，使得此曲广为流传。

就像跟人约好了一样，星期天我毫不犹豫地选择去了美术馆。这栋占地面积很广的低层建筑，被公园完全包围住，周围郁郁葱葱，已经有初夏的感觉。

我今天换上了短袖，心情有些亢奋。在入口处的绿荫下做了深呼吸，调整好心态再去买了票。

馆内仿佛被一个名为寂静的大气球整个包住了一般，街上的喧嚣完全被阻隔在气球之外。

这是英格兰现代画家们的展览会。以往来看展览会之前，我都会趁工作的空当上网收集资料，但这次我什么都没查就晃过来了。展览上有些什么画都不知道，就擅自认定这些作品都是现代派的。沿着墙壁一张张看过去，意外地发现写实派的保守风格作品占大多数。

看到二十张左右的时候，一张小小的、跟周围的画比非常显眼的画跳入我的眼界。画中是一只杰克罗素梗，跟我以前养在老家、现在把照片放在月票套子里的马文十分相似，甚至脸上和背上的斑纹都一模一样。

就像受到旧书店的诱惑时一样，我被挽留的气息拖住，在这幅画前停下脚步。

这次的展览会有人物画、静物画、风景画等各式各样的主题，却几乎没有动物画。因此这张小巧玲珑的作品反而更有存在感。白地上画着一只白色的杰克罗素梗在散步，茶色的斑纹、黑色的眼睛和鼻子，与画面形成了鲜明的对比，柔顺的毛质感非常真实，让人忍不住有想要去摸的冲动。不行，不行，要忍住。

"摸一下也没关系哦。"

看透自己心思的声音从天而降，我惊讶地四处张望，但是周围根本没有人。再转回头看画时，那只狗的脸已经转向正面。咦？刚才明明是朝右的……

眼神对上了。

"你是一个人来的么？"

我觉得浑身发冷，身上的力气一下子全被抽光了。地板、墙壁、天花板、周围的画、管理员、其他客人好像瞬间都消失了。我身处一个什么都没有的白色空间。放眼望去，整个视野范围内就像一幅还没落笔的画布。我只能认为自己被卷入了什么巨大的变化当中。是在异时空中？或是在意识中？还是……

就在身体像被蚕茧团团包围住一般的此刻，音乐响起。

当当当当、当当、哒哒、当当当、当当……

是《展览会上的图画》。不过不是我常听的管弦乐版本，而是原创的钢琴版。键盘干涩高雅的声音听起来很新鲜。我开始觉得目前的情况是理所当然的，对画中的狗提出的疑问，也就很自然地回答了。

“是啊，我总是一个人来。”

“不是跟男朋友一起来的吗？”

“来这里之后，我一直都没交男朋友。”

“哦……虽然我们还不是很熟，但你能不能再凑近点说话？放心吧，我不是在搭讪。”

为什么会与画中能动的狗进行这种看似普通的对话？我在现实与非现实当中游走，搞不清自己到底在哪个世界。难道这就是心理学上说的那种……自我意识发生巨大的改变？还是跟意识形态崩溃有关？我对自己的状况感到不安。

啊，这只杰克罗素梗跟马文真的很像……

“不如带我到外面转转吧，一直在画框里也很无聊。”

它大摇大摆地从画框里跨出来，走到我面前。现在它做什么我都不会觉得惊讶了。我们就这样并排走向公园。我在草坪上坐下，它就跟马文一样趴在我旁边。我们像久违的青梅竹马似的，开始自然地攀谈起来。别人如果看到这幅光景，顶多会觉得是带狗出来散步吧。

“去年，我父母岁数这么大竟然离婚了，妈妈一个人住在福岛。我一直在想啊，她是不是已经回乡下去了。”

“是吗，你没有兄弟姐妹吗？”

“有个姐姐，不过已经嫁人了……”

“那，把妈妈叫到这里来如何？”

它一边看着远方玩飞盘的少年，一边认真地听我说话。话虽然不多，但句句切中要点，牢牢地抓住了我的心。不过是只狗。啊，对不起，明明是只狗。

“虽然这份工作已经做了很久，不过我一直在考虑要不要去做室内装潢咨询师。但考虑到年龄的问题还有妈妈那边的事，迟迟无法踏出第一步。”

“做你自己不就好了？这样的话妈妈也一定会高兴的。你生气勃勃的样子对她来说是最好的礼物。我也是为人父母的，希望看到孩子们快乐。”

从眼前的杰克罗素梗嘴里听到“为人父母”这个词，让我觉得非常好笑。跟马文一样啪嗒啪嗒快速地摇着尾巴，刚才好像还……笑了？虽然是只狗。呃，正因为是狗？

“以前在老家，我也养了一只跟你同种的狗，而且跟你长得很像。不过……比你稍微瘦点。”

一个小时过去了，傍晚时分开始吹起了凉风。要斩断这种难以割舍的心情，就只有现在了。我下定决心后站起来，带着它回到馆内。

“那……我回去了哦，如果哪天还有像你这样迷茫的家伙站在我眼前，说不定我还会再出来。”

“不过，仅限于想有所作为的人哟。”

它在自己刚才跨出来的画前停下脚步，跟画面保持一定距离，像在鉴赏一样，沉默地望着只剩下一片空白的方框。

一分钟过去了，它踏出前脚毫不费力地滑进画框中，摆好原来的姿势就不动了。好像声音已经传不进去了，我对着画挥了挥手，看到它用目光跟我道别后，就向出口走去。高跟鞋踏在地板上发出的声音在天花板很高的走廊里回响。

我拼命憋住想笑的冲动，戴上耳机，《展览会上的图画》的旋律再次响起。小号的高音中加入了圆号的低音，变成了二重奏，这次是管弦乐的版本。总觉得……好高兴！像往常一样一个人兴奋不已。

“说得没错！做自己就好。人生还有很长的路要走，你说是不是？马文。”

在已经闭馆的美术馆内，传来了管理员的悲鸣。

“哇！狗的位置怎么变了?!”

我们的赞美歌

有生以来，第一次穿脚尖部分垫了铅块的黑色安全靴，上面还落了一片粉红色的樱花瓣。浩市将视线从站到发麻的腿边转向高速公路上随风飞舞的樱花。身着深蓝色新套装的白领丽人快步从他面前走过，香水的味道就像飞机云拖出的尾迹一般掠过他的鼻腔。身后起重机履带碾过的声音震得大地都在颤抖。

站在工地现场的围墙前，第一次头戴白色的安全帽，沐浴在夕阳柔和的光线下。浩市从早上开始就一直站在这里，已经超过八个小时了。

马路上，一群刚刚结识的年轻人涌进了居酒屋。

温柔的风送来了片片花瓣，将整个街道装点得与樱粉色十分相衬。站在这里，就像被澡堂的热气蒸晕了般，有种飘飘然的微醺感。

浩市将自己的意识重新拉回到工作上，开始认真地确认左右两旁的道路。

这时，在十来米左右的拐角处，一条年迈的老狗和一位老人向这边走来。他们经过写着“施工中”的巨大黄色与黑色的标示牌，老人与狗“哒”、“哒”、“哒”……拖着脚一步一步向前走，迟缓地来到浩市面前，停下了脚步。耷拉着脑袋的红褐色杂种狗，尾巴也耷拉下来缓慢地摇着。老人看起来超过八十岁的样子；从狗走路的方式来看，恐怕也是上了岁数的老狗。

“我啊，住在那边药店的拐角处，跟这孩子一直住在那里。”

初次见面的老人唐突地跟他搭话。

“啊？是吗……一起做个伴挺好啊。婆婆家住在哪个方向？”

老狗张着嘴抬头看着老人。

"在那边啊,药店拐角的地方,跟这孩子一起……"

老人的声音被电钻的噪音淹没,给人温和印象的眼睛几乎一眨不眨,盯着浩市的目光也一动不动。

"那边拐角靠左边的地方吗?要往里面走很多路吗?"

"药店的角落啊,拐角处。一直住在那里,跟这孩子一起……"

"这只狗叫什么名字?"

"跟这孩子,一直住在一起……"

反反复复地几乎重复着相同的话,浩市终于发现老人有点老年痴呆,一瞬间感到不知所措。这次轮到自己重复最初的那句话了。

"是吗,一起做个伴挺好啊。"

浩市试着去摸蹲坐在那里的老狗,有点腥臭。默默地看着浩市的老人,对他轻轻点点头,然后催促着老狗掉头原路返回。

看着老狗拖着一身又长又脏的毛和老人佝偻着的背影，浩市想起了老家以前养的狗晚年的身影，这股潮湿的感情变成了诱因，寂寥感猛然地冲破了心的防线。闻着指尖残留下来的狗的味道，与季节不符的圣诞颂歌在脑海中响起。

“天使歌唱在高天，美妙的歌声传遍平原……”

直到半年前，浩市还在某服装公司的营业部紧张地工作着。因为一次重大失误，他失去了工作。

三十岁结婚的他，两年后事业与家庭都达到了全盛，后来由于骄傲自满失去了自我，招致失败只能说是自作自受。遭受人生中最大打击的浩市，在基督教徒妻子的劝导下决定再就职。下定决心一年内不找跟服装业有关的工作，一方面的确是为了生活，另一方面也是为了远离使自己骄纵的诱因，跳出这个圈子重新审视自己的过失。于是他找了份工地现场警备员的工作。

干线道与高速公路这两条重要的马路都经过这个

工地前，所以车辆引导就变得极为重要。

浩市每天早上七点五十分会换上制服站在道路的一侧，除了午休以外，一整天都站在路旁，穿着深蓝色的制服戴着安全帽，吹着哨子挥动着指示灯。

八小时不间断地吸入汽车废气，喉咙被熏得刺痛，连日来被头痛侵袭，鼻毛也长得快得惊人。与华丽的服装界正好相反，这种工地上的工作枯燥单调。从未尝试过的体力劳动让他备感疲劳，对自己轻率决定来做警备员的悔意如决堤的洪水，反刍失败的过程则让他更加消沉。

工作第一天出现的老人与狗，每天都会在相同的时间——下午四点零五分从施工现场经过。正好是离下班不到一小时、身体的疲劳达到顶点需要强打精神的时候。老狗一定会在相同的位置停下，老人一定会说相同的话，浩市一定会去抚摸狗的背部，并在他们走后去闻指尖残留的味道。

“我啊，住在那边药店的拐角处，这孩子也一直跟我住在一起。”

“是吗，有个伴挺好的。”

浩市的回复也是一成不变。就这样，在不知道狗名字的情况下，他每天用手抚摸着它的背部，确认着骨瘦嶙峋的身体和脏污打绺的毛的触感，脑子里思考着有关衰老的问题。想到自己还没活到老人的一半，不努力可不行，就立刻振作起来。

从那以后，每天期盼的不再是五点的下班时间，而是四点零五分。

工作结束后已经是傍晚时分，浩市耻于自己满身汗臭和汽车尾气的味道，将身体缩成一团站在车站的角落。

家电商场的电视里正在播放日本足球队的实况转播，球场上的喧闹声与欢笑声看起来就像在嘲笑自己。

这种时候，他回到家一定会去听妻子的赞美歌CD。自从工作失误以来，为了排解痛苦，听赞美歌是让自己情绪稳定下来的最好方法。在几首赞美歌当中，有一首是可以支撑自己即将崩溃的内心世界的歌曲——《天使歌唱在高天》[①]，也称《荣耀的赞美》。

它高潮部分拉丁语的歌词是“Gloria in excelsis Deo”，意思是“荣耀归尽于至高真神”。传说牧羊人就是听到天使唱这首歌，才将基督诞生的消息广为流传。浩市虽然不是基督教徒，但是在听这首歌的时候，也会有种诚心向上帝屈膝的冲动。

少年少女们清透的合唱声，给冰冷的心注入了温暖，就像被洗礼一般，洗去了周身的污秽与不安。

当浩市觉得悲伤的时候，他总是挥动着指示灯在心中默默地唱着荣耀的赞歌，耳边同时传来工地现场的各种声音：

推土机的推土声，

钻孔机的钻孔声，

---

① 天使歌唱在高天（*Angels We Have Heard On High*）：基督教的圣诞颂歌之一。第一段歌词如下：天使歌唱在高天，美妙歌声遍平原；四周山岭发回声，响应天使欢乐音。荣耀，荣耀归尽于至高真神。荣耀，荣耀归尽于至高真神。

电钻刺耳的爆破音，

钢筋撞击的金属声，

从搅拌机流出的泥浆声，

现场卡车出入的警笛声，

工人的指挥声，

还有自己吹的哨子声……

这些混乱的声音与自己安全帽下的赞美歌重合，“工地现场的荣耀赞美歌”就这样完成了。

进入梅雨季节，制服上又套了一层透明的雨衣，雨水沿着露在外面的领口往里灌，连下身的裤子都湿透了。

“天使——歌唱在——高天——……”

雨中，打着伞的老人和老狗向这边走来，即使伞的大小足够遮住老人与狗，狗身上的毛还是湿漉漉的。

盛夏，火辣辣的太阳光毫不留情地照射下来。道路上根本没有遮阴处，浩市的脸上明显晒出安全帽檐的痕迹。大量的汗水不停地流，他就像块沉重的标识牌，一动就会倒。

“美妙歌声——传遍平原——……”

哈、哈地伸着舌头喘气的老狗，以及拿脏污的纱布做手帕的老人，在皮革开始脱落发白的安全靴前停下脚步，只说了一句“加油”。

凉爽的秋风催黄了大片的枯叶，工地现场也被寒冷这个强敌入侵，不久就开始飘起了雪花。穿着笨重的大衣戴着手套，依然难抵冬天街头的寒意。指尖没有感觉是冻伤的前兆，但没有比在风雪中看不清前方的引导车辆更可怕。

“四周山岭——发回声……响应天使——欢乐音——……”

在这样风雪交加的日子，老人与狗还是准时到来。老人穿着露出手指的绒线手套，老狗的背上和头上积了一层雪。

春、夏、秋、冬，随着季节的推移，老人与狗一定会准时在四点零五分出现。交换着相同的对话，连老狗与浩市视线相对的时机都与第一次无异。

“我啊，住在那边药店的拐角处，和这孩子一直住在那里。”

“是吗？有个伴挺好啊。”

即使没到四点零五分，老人与狗也常在他心底的某个角落散步。他们是支撑自己脆弱的、随时都会崩塌的感情的支柱。像慢镜头一样前进的老人与狗，背影逐渐重叠在一起，跟樱花，跟雨水，跟太阳，跟落叶，跟雪，还有汗水和汽车废气，形成了赞美歌。

十二月过了中旬，街上就充满了圣诞节的氛围。对浩市来说，一个作出重大决断的日子也在接近。从做警备员开始他就下定决心，无论再苦再累都要熬到这一天——圣诞夜。

十二月二十四日，马上就要告别持续站了八个月的固定位置——柏油马路的一角。浩市在小雪纷扬的路上一边做好最后的工作，一边开始回忆起站在路边工作的点点滴滴。一味消沉的最初阶段；三伏酷暑与三九严寒；体力不支时咬牙坚持、被现场监督和工人们关怀照顾的时候……努力的成就感与充实感不断地涌上心头，自己的确在这里学到了不少东西。

当然，不能忘记路边的救世主——老人与狗，还有在安全帽下的“工地现场的荣耀赞美歌”。像往常一样看了看手表，确认到了四点零五分后，浩市站在固定的位置上。但是老人与狗今天没有出现。到五点为止，他一直盯着路旁的拐角处，他们却始终没有现身。

工作结束后，浩市跟现场监督和工人一一道别，离开了工地。他要去的地方，是老人一直提到的那个方向。那里有一幢看起来随时都会倒塌的木造房屋，门口有名牌刚刚摘除的痕迹。玄关旁边的狗窝里铺着破破烂烂的黑毛毯。不在了吗？还是发生了什么事？

“婆婆……汪汪……”

站在老人家门口等了一段时间后，浩市终于领悟到自己的无能为力，他茫然地回到大马路上。现在的自己，被悲伤与喜悦两种极端的心情卷入旋涡中，不知道该如何是好。站在商店街的电线杆下，听到街上传来了圣诞的赞美歌。

“荣耀归尽于至高真神……”

他仰望着天空，开始跟着低声吟唱，落在脸上的雪花溶化成一条径流，从唇边流到了口中。

犬样女子

RE：好久不见，我是由里子。

幸广先生，您最近过得还好么？

真的是好久不见了。前一封 E-mail 是什么时候发给您的呢……我去邮箱确认了一下，我们最后一次去喝茶是在去年四月份，所以，已经过了一年半了。哎呀，我这样一本正经的说话方式，您会不会觉得有点见外。（笑）

我万万没想到，今年四月会调到东京来工作！当时一直犹豫到底要不要联络您，经过多方面的考虑，我打消了这个念头，因为这样我会忍不住想和您见面……这么晚才告诉您，真是非常抱歉。

调工作的两个星期前突然接到上级通知，说下个月让我去东京。于是就开始忙着找房子搬家，那段时间真是乱作一团。到了东京之后，我被分配到跟名古屋时完全不同的部门工作，每天忙得焦头烂额……到现在还没去过六本木和表参道的金融中心。（泣）

过了半年多终于可以松口气了，今天难得回家比平常早，所以就写封信给您。幸广先生现在还是老样子吧？白天忙着去工作，晚上忙着去夜游。您当年热情四射的身影还时常浮现在我脑海中。

对了对了，今天有件事无论如何都要告诉幸广先生。最近我找到张CD，是森高千里[①]的《今年夏天更美好》这张专辑，细野晴臣[②]制作的。十年前出的东西说不定您也知道。当中有一首歌叫《Hey！狗狗》，幸广先生一定一定要听听看！歌词大意讲的是自己的女友

---

① 森高千里：1969年4月11日于熊本县出生。在18岁时以NEW SEASON正式出道，初期走偶像路线，后来逐渐参与唱片的幕后制作，渐渐转型成为一个既是实力派、亦是偶像派的歌手。

② 细野晴臣：日本著名的音乐制作人和作曲家，曾为很多知名的电影作曲配乐。

很像狗，当中还收录了模仿狗的叫声，旋律非常明快！高潮的部分是这样唱的：

“你就像狗，坐在那里就像狗，所以你就是狗，就是狗就是狗……”

这段旋律一直在我的脑海中挥之不去。

就是这件事！嘿嘿嘿……您已经知道我想说什么了吧？当当当！这简直就像在写我的歌一样！一听到这首歌，就想起以前幸广先生形容我像狗的每一句话。到底是年长我十岁的人啊，做什么都只有我被嘲弄的份儿。我就像只喜欢跟人撒娇的小狗，或是跟绅士散步的饲犬。（笑）

“你果然是黑眼仁比较多啊。”

“脑子里想什么就立刻摆在脸上。”

“你是不是对味道太敏感了？”

“哟、哟，嘴角向上翘了！”

“生气时一下子就变成吊眼梢了。”

“你原来是无法离开自己地盘的人啊？”

“完全无法抵御食物的诱惑!”

“天一热舌头就伸出来了。”

“你睡觉的时候,经常把小肚子露出来哦!”

“哇! 一发怒就呲牙,好可怕!”

“别每上来一道菜,就不停地用鼻子闻!”

“鼻子上一层光亮亮的,看起来就像靠鼻子出汗一样。”

“动作又快又猛。”

“一旦做错了事,就打算拿傻笑蒙混过关。”

“咦? 你刚才耳朵是不是动了一下?”

呼……把想起来的话都试着写出来,竟然有这么多。不过这还没写完呢……

“你怎么每次撒娇都会啃我的手臂? 虽然不疼。”

“你啊,与其说是喜欢我,不如说是像狗一样喜欢亲近主人。”

这两点我自己承认，像狗都像到附带保证书了……

“我觉得你身上有股狗骚味儿，你没感觉吗？”

我的确是非常喜欢狗，家里还养了条柯基犬[①]，说我像狗对我来说是最高的赞誉。但是说我有股“狗骚味儿”……是不是有点过分了？（笑）

吃饭的时候、喝酒的时候、乘电车的时候，还有还有（哔——）的时候，无论何时何地都会谈起狗的话题，而且一聊起这种事我就特别亢奋。对我来说，那是一段非常快乐的时光。

对了，幸广先生，今天还有一件事要向您报告。我现在有交往的人了，是跟我同一家公司、比我小两岁的人。这次又是已婚者……骗你的！是单身的人。（笑）

---

① 柯基犬：原产地英国威尔士，起源于11世纪。犬名柯基是威尔士语“corrci”娇小之犬的意思，一直深受高阶层人士喜爱。

跟幸广先生正式分手以来一年半，一直维持着“单身”的状态。跟他在东京的新人欢迎会上认识后，我总算可以摆脱单身了。（呵呵）

我已经二十七岁了，到了该认真考虑将来的年龄了。虽然跟他交往不到三个月，但是我们是以结婚为前提开始交往的。他的父母我也见过了。跟幸广先生不同，他是文科类型的人哦，虽然有点家里蹲倾向！（汗）

还有啊，他竟然跟幸广先生说出相同的话来——说我像狗！刚才写的幸广先生说的话也是，跟他的重复率相当高。（好可怕！）

最初被他这么说的时候我非常焦虑，觉得他会不会是幸广先生的熟人?！后来想想……怎么可能。顺便一提，他跟幸广先生同是戌年出生，只不过小了一轮而已。（笑）

还有就是……他是——森高千里的粉丝！刚才提到的那张CD，其实是在他的房间听到的。跟我在一起的时候，他总是半开玩笑似的哼唱这首歌：

"你就像狗，坐在那里就像狗，所以你就是狗，就是狗就是狗……"

一边唱还一边不怀好意地笑。

说到这里插一句，听说幸广先生的太太长得很像森高千里，这件事我在跟您交往之前就略有耳闻。而且我在想啊，无所不知的幸广先生，会不会很久以前就知道这首歌了呢？但是我还是忍不住想告诉您，因为这种不可思议的巧合太让我震惊了！

幸广先生，这样幼稚的我，明年春天将会成为别人的新娘。谢谢您给了我一年美好的回忆。从幸广先生那里得到的戒指、一起拍的照片、还有那些回忆我会全部舍弃。请您原谅。

如果哪天在名古屋或东京，两对夫妇突然偶遇的话，一定很有意思吧！

最后，希望您和太太能一直幸福地生活下去，偶尔唱唱“你就像狗”这首歌。也许，您的太太也很像狗吧。希望您过得幸福。

由里子。

波莱罗与左武

站在客厅一角的大辅发现，翔在稍远的地方，看着蜷缩在厨房口半块榻榻米大小的裸露水泥地上睡觉的“左武”。

“爸爸，它会不会咬我？”

到三岁还从未近距离接触过狗的孩子回头问父亲。肯定很害怕吧。虽然之前也带翔回过老家，但因为他太小了，一直没让他靠近过左武，这次是翔第一次主动接近它。

“不会咬你的，不要紧不要紧，去摸摸看。”

大辅站到儿子身后堵住他的退路，抓住他的手向左武伸去。当粉嫩的指尖碰到左武脏得有点偏灰的毛时，这只从睡梦中醒来的十五岁的老狗动了动耳朵，鼻尖稍稍抬起，用细长的眼睛看着孩子，然后像扫地一样轻轻摇着尾巴。

“看，没事吧。你再摸摸。”

这次换翔自己一个人去摸。刚开始还战战兢兢的，后来摸它的手渐渐有了力量，紧绷的小脸也慢慢放松下来。大辅想起自己第一次看到左武的时候还是个大学生，那时他跟翔一样不敢靠近，因为之前家里从来没养过狗。

翔的手已经从左武的脖子滑到了头顶。

“好乖乖，左武……”

“亲爱的，吃饭了。”

妻子麻友美在叫。大辅留下已经习惯与狗相处的翔回到餐桌上。坐在对面的父亲茂总是喜欢用手去摸光秃秃的头顶，然后像往常一样使唤母亲敏子做这做那。

“开饭了，去拿瓶啤酒来。”

父亲在家旁边的小邮局下班后，从玄关进来直接就可以进餐厅吃饭。两栋房子之间几乎是连着的，偶尔工作到很晚的时候，一干完活也能马上吃上晚饭。这种早晚通勤、距离为零的往返，近四十年来茂已经习以为常。

敏子默默地站起来从厨房拿了瓶啤酒过来，大家就开始动筷子了。即使是黄金周儿子一家回来探亲，这种景象也没有任何变化。翔蹦蹦跳跳地从水泥地那边回来，加入到五个人的晚餐阵营，让餐桌变得热闹起来。但是小孩子只挑自己喜欢的吃，吃完后就又回到左武身边，桌上一下子又变得了无生气。只有碗筷发出叮叮当当的碰撞声。

"妈妈，这个土豆色拉很好吃！"

"是吗？好吃就多吃点。"

为了缓和气氛，大家偶尔交换着一些没营养的话。眼看晚餐就要结束的时候，茂发话了。

"你三月份可以回来了吗？这里也有个新旧交替的过程，还要做一些准备工作。"

父亲提到的事，无非是让大辅辞去在东京的邮电局工作，回来“继承”这个特定的邮局。已经是老生常谈了。一打开话匣子父亲就说个没完没了。也就是些以快退休的现任局长的立场给他的建议，还有在当地需要注意的事项……

虽然大辅默不作声地听着，但是在对工作处理的方式上，他与父亲有着截然不同的想法。跟他争论的话，事情只会变得更复杂，所以他极力忍耐，但是越强忍就越想说，这让大辅变得很焦躁。

长辈就是长辈，在他眼里儿子不过是个初出茅庐的毛头小子，儿子的话他怎么可能听得进去？这个邮局虽小，却是他守护了近四十年的城堡。出于守护者的尊严，茂顽固地将儿子的意见强行压下去。这让大辅觉得更郁闷。

“知道了！你总是重复相同的话烦不烦啊！”

儿子终于忍不住发飙了，而父亲则用更大的声音回敬他。

“这里有这里的做法！你闭上嘴照我说的去做就

行了!”

看到满脸涨得通红、气得站起来回到自己房间的五十九岁人的背影,三十七岁的人在那里嘀咕着。

“又是这样,我一顶嘴他就逃……”

大学时代,每次回老家一谈到择业问题他们就吵架。那时候也是,茂擅自决定了大辅的工作方向后,就把自己关在房间里。对大辅来说,这是非常可耻的行为,他觉得大人们总是不讲道理,说翻脸就翻脸。

大辅小时候一直看着父亲在书桌前重复处理着储蓄、保险、邮票、贺年卡之类的东西,就觉得自己肯定无法忍受这种一成不变的工作。但是对茂来说,这是祖父传给父亲、父亲再传给自己继承的邮局,他理所当然地也把儿子当继承人来培养。而且他深信,安定的公务员生活对儿子来说是幸福的。正因为如此,平常温和的茂一旦为这事跟儿子吵架,态度就非常强硬。大辅也用“自己的人生应该自己做主”这种年轻人的论调与他抗衡。

一想到当年跟父亲激烈的争吵、最后还不得不屈从他的决定——选择邮局公务员这条路，大辅就对自己感到不齿。常年淤积在心中对父亲的怨恨也一股脑儿地涌上来。

这样下去可不行，他马上就调整自己的心态。

父亲从小就教育他：在乡下作为家族的长男出生，看着身为邮局局长的祖父的背影长大然后继承父亲的位置，是大辅作为长孙的义务。“他本来就是个不懂变通的人，没办法。”像往常一样，大辅给自己找了个借口，愤怒的情绪就逐渐平息了。

善后的残局几乎都是由婆婆和媳妇收拾。从拉门对面的旧留声机里，传来了古典音乐的曲子。

“这老头子真不觉得腻，下班了还听跟工作时一样的曲子。”

哒——哒啦哒啦哒啦哒哒哒哒——哒啦哒啦哒啦——哒啦哒啦啦啦啦——哒啦哒啦啦啦啦——哒啦啦啦啦——啦啦啦嗯啦啦啦啦啦——……

曲子的开头是由长笛演奏的音乐。是波莱罗[①]。

这首由莫里斯·拉威尔[②]原创的芭蕾舞曲，从大辅懂事以来家里就经常放。

在西班牙塞维利亚的一个小酒吧里，一位舞者翩翩起舞。刚开始她只是缓缓地跳着，后来越跳越奔放，到最后客人们都情不自禁地跟她一起欢舞……这首芭蕾舞曲讲了这样的一个故事。曲子本身很特别，从开始到结束一直重复着相同的旋律。因为简单所以连小孩子也能马上记住。

“小时候大辅和奈奈子也经常一起听啊。”

一边沏茶一边自言自语，敏子的话让已经恢复平静的厨房变得更加温馨。

小时候跟比自己小三岁的妹妹一起哼唱的记忆开始复苏。自己吹口哨的时候还被邻居的大叔听到，对

---

① 波莱罗(Bolero)：由法国作曲家莫里斯·拉威尔创作于1928年。《波莱罗》是拉威尔最后的一部舞曲作品，同时又是20世纪法国交响音乐的一部杰作。

② 莫里斯·拉威尔：即前面所提的拉威尔。

方惊讶地看着自己说："大辅，这是波莱罗吧？这么小的孩子竟然能吹古典音乐，真是了不起！"

长笛、单簧管、双簧管、小号、萨克斯、小提琴、定音鼓……只是不断地更换乐器，相同的旋律反反复复地持续下去，然后所有的乐器渐渐组合在一起，奏响了全曲的高潮。这首曲子很容易渗透到人的意识当中。

大辅一边回想着往事，一边跑去看应该还在水泥地那边跟左武玩的翔。只见翔坐在走廊的地板上，紧盯着闭着眼睛、抻着腿躺在破垫子上的左武。

大学毕业后，大辅无奈地放弃了自己想做的工作。后悔的阴影一直在他心中盘踞着，挥之不去。正因为这样，他更不想让儿子步自己的后尘。他希望翔能自由地去做自己喜欢的事。

在厨房间昏暗的水泥地旁，听着波莱罗的旋律。

"翔，这首曲子是爸爸在你这么大的时候就开始听的哦。"

演奏的乐器从长笛变成了单簧管。

*

“来，左武，我们去散步。快来！”

茂早上起得很早。一到五点钟，他就会带左武出去散步，这是十六年不变的规律。今天也是。茂把后院的栅栏打开放它出来。天气虽然不错，不过五月的早晨走在山间的小路上，还是有点凉飕飕的。没被人挖走的竹笋已经长到比膝盖还高了，正褪下茶色的外皮向绿色蜕变。

昨晚，对着儿子大吼过后，茂久久无法入眠，虽然躺在被窝里听音乐，但是心情还是很郁闷。脑海中，昨天没说完的话一句接着一句地蹦了出来——

那家伙怎么就不懂得入乡随俗？他那种自以为是的态度这边的人谁能受得了？离退休还有不到一年的时间了，是不是让他再早点从东京搬回来比较好……

“大辅的事你怎么想啊，左武？”

被叫到名字左武转过头来，看起来就像在轻轻点头一样，然后又马上转向正前方。因为已经接近转弯的下坡处。

左武会在下坡尽头的矮竹丛里上厕所，这个模式十六年来都没变过。这几年由于它上了年纪，走路越来越慢，抬起后腿在竹子上撒尿的动作也没以前那么利落了。

"十六年前，你从百货公司的宠物大卖场来到我们家。还记得吗？大辅高中毕业到东京上大学。三年后，奈奈子也跟着他一起去了东京。暑假我开车接她回来的时候那孩子说：'家里就剩下爸爸和妈妈两个人了，要不要养只狗？'又说，'白的狗比较好。'然后就选中你了。我们都要感谢奈奈子啊。"

左武蹲坐在地上用后脚搔头。

"那时候店里的人还跟我说你是只柴犬，回来养了一段时间后越看越不像……根本就是只杂种狗嘛。不过没关系，狗也好人也好，还是内在最重要。哈哈哈！”

“你很喜欢矮竹丛啊……方便好了吗？好了我们就回去吧。”

*

“翔，回去之前要不要跟左武说拜拜？他爸你也过来。”

出玄关的时候，麻友美叫老公和孩子到后院去看看左武。为了不让左武跑出去，后院周围又围了一层栅栏。

麻友美跟丈夫一样既不讨厌狗也不特别喜欢，但是他们的孩子却很喜欢左武，这让他俩觉得不可思议。跟动物接触会让人变得温和善良，夫妇俩商量后认为这样也不错，打算让翔慢慢习惯左武的存在。

大辅和麻友美手里拿着个大包，顺着铺满沙砾的狭长小道走在孩子的后面。左武可能是感觉到了三个人的气息，于是跑到可以看到玄关的地方，前脚搭在栅栏上，头从栅栏的缝隙处探出来望着他们。

“左左，拜拜——”

翔跟它挥手。

“左武，爷爷奶奶就交给你了哦，我们夏天还会再来的。”

一家三口开始向车站走去，麻友美茫然地思考着。笔直通向车站的道路上几乎没有人影，而再过十个月，她也将成为这个小镇的住民。

麻友美在琦玉县长大，之后考上了东京的短大。结婚前一直在市中心工作，结婚后搬到了杉并地区。从出生到现在三十四年间，一直在东京的近郊生活。

在决定嫁给丈夫的时候，虽然做好了早晚要回乡下住的心理准备，但随着回乡日子的迫近，一种难以言喻的不畅快感郁结在胸口，变成了没有答案的纠葛。她并不讨厌乡下，公公婆婆都是明事理的人，相信很快就能相处融洽。不过，自己真的要在这种散发着无力感的小镇上度过后半生吗？一想到这里，她就开始彷徨。虽然明明现在已成定局。

他们走到了被塑料板围住的车站，在已经掉漆的木质长椅上弯腰坐下。

“这里，都没什么人在外面散步啊。”

坐在当中的儿子开口说，丈夫回答他。

“因为大家都待在家里啊。”

不出意外的话，丈夫大概会一直在这里做邮局局长。儿子也会在这里慢慢地长大成人。公公婆婆会在附近隐居起来度过余生。那她自己呢……

她，作为翔的母亲、邮局局长的妻子，要跟当地人搞好关系，今后会过上衣食无忧却也不奢侈的生活，但是这样安定的生活并不精彩！就算这种想法是自己钻牛角尖也好，现在她的表情跟内心一样蒙上了一层阴云，太阳迟迟不肯露脸。

相同的地方，相同的人，在所有的一切都一模一样的错觉中任时光流逝。模式相同的每一天，每一月，每一年……真的要这样度过几十年的岁月吗？

开往火车站的旧巴士缓缓地驶来。

“来，翔，我们上去吧！回家了，回东京去。”

*

在六本木的商业圈中，看起来如拇指尖大的阳台沐浴在强烈的阳光下。躲在云层里的太阳突然现身，就像舞台的灯光一下子都被点亮了一般。正在晒衣服的奈奈子耳边传来了夏季高中棒球的主题歌——甲子园大会开幕了。

“已经开始了啊，差不多该做回娘家的准备了。”

奈奈子结婚八年，每年八月十一日盂兰盆节[①]都会回家省亲。老家正好十三日祭祖。为了帮母亲做些家

① 盂兰盆节：即农历七月十五日，又称“中元节”、“鬼节”、“七月半”。此时，无论贫富都要备下酒菜、纸钱祭奠亡人，以示对死去的先人的怀念。

事和准备工作，她总是提前两天回去。既然是盂兰盆节，就应该回乡下跟父母一起度过。开了一家牙科诊所的稜太会晚点过来与自己会合，比她早一年结婚的哥哥一家也回去的话，就变成了七个人。这样，以往只有老夫妇两个人安静生活的家，一下子便会热闹起来。

每年电视里开始放甲子园的开幕式时，就离盂兰盆节不远了。结婚之后受到喜欢看高中棒球的丈夫的影响，奈奈子也会去看甲子园的赛事转播。看到输球的孩子们不甘的泪水她还会心疼。在宣告比赛开始的笛声响起的同时，电话铃响了。打的不是手机而是家里的电话，奈奈子觉得奇怪，接起来一听，是妈妈。

“咦，怎么了？”

敏子说话有些断断续续，口齿也不是很清晰。

“那个，左武前天晚上，从开着的栅栏里跑出去……本以为天亮就会回来。结果昨天和今天，你爸爸在外面找……我在家里等，它都没回来。”

看样子是爸爸忘了锁栅栏的门。

“有没有好好找过?”

“今天早上我们在附近仔细找过了。你爸爸一大早甚至还开着车到临镇兜了一圈……”

“还有没有其他它可能去的地方?”

“我想,是不是该试着向周围的人打听一下。”

“那就马上去打听啊。”

“现在还在设法找,你爸爸他白天有工作,到傍晚这段时间没法去找……”

“我知道了。总之尽力而为吧。有情况再给我打电话。”

奈奈子难得粗暴地撂下电话。

左武不见了。

这个消息就像一块沉重的石头压在她胸口,她有种不祥的预感。待在家里什么都做不了,让她觉得很焦躁。她在房间里踱来踱去,最后决定给还在工作中的稜太打电话。

“左武不见了,所以我打算今天就回去。”

“到底发生了什么事啊？”

奈奈子向稜太说明了情况，稜太冷静地听着。他应该很忙吧，但是竟然马上就能理解自己的心情，这让她觉得欣慰，情绪也逐渐稳定下来。

“……就是这样，我现在就回去。”

“等我一个小时，我把手边的工作做完跟你一起回去。”

从家里出来，他们直奔新干线东京站，回到老家时差不多快五点了。两人从巴士站快步赶回来，到家已经是满头大汗。这里的蝉叫声比城里要响得多，声嘶力竭的大合唱让人觉得更加闷热。

庭院里、水泥地上都没有左武的影子，虽然之前已经有了心理准备，但是当既定的事实摆在眼前时，他们更加失落了。

茂还在工作，敏子泡了麦茶送过来。一放下行李他们俩就立即换上T恤短裤，不约而同地将麦茶一饮而尽，然后立刻回到玄关处，系好鞋带准备出门。

“我们走了。”

“不好意思，我还要准备晚饭，这事就拜托你们了！稜太也是，麻烦你了。”

“哪里，一定能找到的！”

两人先沿着茂的散步路线开始找，前后左右都不放过，四处搜寻狗的身影。小路的深处；民家栅栏中或者庭院内；小溪沿岸的草丛中；神社境内；商店的仓库、停车场……

树林中、蜿蜒的小路上，到一个地方就开始呼唤它的名字。

“左武——”

奈奈子尖锐的声音传遍整个树林。

“左武！左武！”

稜太低沉的声音在山间回响。

夫妻俩找了两个多小时，手表的指针已经指向七点半，T恤湿得像从水里捞出来的一样，腿上被蚊子叮了好几个大包。天色已晚，搜索行动不得不暂时终止。

“没办法，回去吧奈奈子。”

稜太取下卷在脖子上的毛巾，用它擦拭着脸上和脖子上的汗水。

“真是没辙，左武现在到底在什么地方啊……”

奈奈子闭上眼睛，让左武的身影浮现在脑海中。听说跟动物交流的时候，脑海中浮现出具体的影像有助于相互沟通。所以，如果自己在脑海中回想跟左武亲密嬉戏的场面，左武接到这个信号，说不定就回家了呢。虽然这种做法毫无根据，但是她对此深信不疑。

奈奈子想像着自己在跟左武玩，它高兴地快速摇着尾巴，吧嗒吧嗒地舔着她的脸的样子。没错，那是它第一次到他们家的时候，出生还不到三个月。

短大一年级的时候回老家过暑假，在百货商店邂逅了左武。玻璃窗对面那么多吵闹的狗当中，只有它一动不动地望着他们，好像在说：“请带我走吧！”

坐在父亲车子的后座，奈奈子将白色的小狗从笼子里拿出来把它抱在怀里。到家为止它一直不停地舔她的嘴角，甚至想爬到她的脸上。第一次被狗黏着的奈奈子虽然有点不知所措，不过这肌肤的触感让她体会到从未有过的幸福。

“肯定就在附近，明天再继续找吧。”

稜太的话把她从十六年前拉回到现在，她却感觉左武那时的叫声还在耳边回荡，忍不住回过头去。

“哥哥他们说像以往一样十二号回来。”

奈奈子放下电话。

“也是，大辅不可能正好抽得出身来，左武早晚都会回来的，这样就好。”

听完敏子的话，茂放下筷子低头跟他们道歉。

“那个栅栏的门……其实我一年总会忘关一两次，左武偶尔也会晚上溜出去。这次是我的失误，真是麻烦你们了……”

奈奈子感到惊讶，一直高高在上的父亲，像今天这么脆弱的样子她还是第一次看到。

“那时候也是，一般第二天早上它就会自己跑回来了。但这次已经过了四十八小时了……”

左武已经失踪两天了，敏子和茂都很憔悴。

“说不定它觉得晚上溜出去玩比较有意思，好不容易出去一趟，一定要在外面多待几天。”

棱太为了让老夫妇宽心故作开朗，奈奈子倒希望真的像他说的那样。

“是啊，左武不会乱来的，如果附近出了什么事故，听广播就知道。我猜一定是迷路了。”

一旦开始往坏的地方想就没完没了，交通事故、跌落事故、虐待……负面的想法很容易变成现实。不能往那地方想，要深信一定还能再见到左武！

晚饭结束后，父亲回到了自己的房间，打开留声机，还是播放同一首曲子。他谨慎地将指针放在唱片上，奈奈子可以想像得出父亲那布满皱纹的粗大手指。

左武第一次听的音乐就是这首曲子吧？

念短大的时候、开始工作以后，每次想见左武都会很自然地回到这里。晚饭结束后跟妈妈一起洗衣服时，总会传来这首曲子。然后奈奈子就会一个人走到厨房间昏暗的水泥地旁，将左武白色的身体搂在怀里。就像那天在车上抱它的时候一样。

一直趴在水泥地上的左武不见了。

双簧管低沉宽厚的声音，掩盖了闷热夏夜中的蝉鸣声。

*

第二天早上他们五点钟就出发，离茂上班还有三个小时的时间。茂和敏子、稜太和奈奈子四个人分成两组分头去找。

自从稜太结婚以来，每年的正月和盂兰盆节至少要在妻子娘家住两宿。他跟自甘堕落的父亲早已断绝了关系。母亲偶尔会联系他，但两人基本上不会见面。所以对他而言，可以称得上老家的地方就只有这里了。

以女婿的立场来说，这儿是个舒适安逸的地方。

刚结婚的时候，第一次踏进这家的门槛就被左武狂吠。初次见面竟然受到这么粗暴的待遇，让从未被狗吠过的稜太很是惊讶。

从懂事起到高中毕业上京，稜太北陆的家里一直都养狗。最早养的是杂种狗约翰，因为后遗症一条腿不能动弹，在公房狭小的庭院里拖着一条腿转来转去。第二次养的是杂种狗豆丁，那时候父母正在闹离婚，家里乱糟糟的，就把它寄养在叔叔家里，后来因为交通事故失去了生命。小学四年级的时候，总算养了一只比较长寿的西里汉梗[①]杂种犬摇滚。

惹是生非的父亲，四处打工的母亲，稜太的少年时代大部分时间都是一个人在家度过。可以说话的对象只有狗。大概就是因为这样，在路上碰到的狗都会冲着他摇尾巴。虽然非常喜欢狗，但总觉得一说出口就

① 西里汉梗：完全由人改良而产生的犬种。拥有勇敢和典型的梗类气质，是富有感情的家庭犬。

不稀奇了，所以很少跟人提起。

跟前一天一样，他们在乡间小道上不停地找，可无论怎么找都没有左武的影子。

“左武啊，看我一直走在奈奈子的后面，就觉得我比它的地位还要低。”

一边跟妻子聊天，一边回想起跟左武过去的种种。

在棱太刚结婚不久，对这个家感到无所适从或感到压抑的时候，他就会跑到后院去跟左武玩投球。左武认为棱太的地位比自己低，所以偶尔带它到山上去转转，它就格外调皮，不是掏黄鼠狼的窝，就是刨坑弄得浑身是土。棱太洗澡的时候它还会跳进浴缸里，而且它似乎只在他来的时候洗澡，臭烘烘的。

奈奈子和棱太走在左武跟茂的散步路线上，从坡道下来顺着沿途的草丛向山上走。在左武面前他们也总是这样：奈奈子在前面走，棱太在后面追。一边在草丛中玩躲猫猫，一边往山上爬。总之回老家他们夫妇一定会来这里散步。

他们知道左武会在附近的矮竹丛里上厕所，所以两人一到这里就拨开脚下的矮竹向里面走。

实际上，听说左武不见了的时候，稜太第一个想到的就是这里。他在接到奈奈子的电话时，内心产生了很大的冲击。想亲自去找，而且只要自己行动的话就一定能找到！这份自信来自跟狗深深的牵绊。他觉得在那片矮竹丛中，隐藏着一股强大的力量。

在稜太还是初中生的时候，为了躲避父亲债主的追逼，他跟妈妈两个人几乎是连夜逃走。家里能带的东西都带上了，由一辆两轮车拉着家里的锅碗瓢盆。当时摇滚吵得很厉害，后来就自己跑了。

妈妈没日没夜地拼命打工，要找摇滚的话只能靠自己。于是那时候稜太也不去上学，每天骑着自行车四处转。一周后，他在狭长小路旁的矮竹丛中找到了消瘦的摇滚，它的膝盖已经骨折了。当时稜太抱着骨瘦如柴的摇滚，大声痛哭了很久。

到现在偶尔还会回想起这件事，那段记忆就像慢镜头一样重现。即使过了二十年，矮竹丛里的一片片叶子依然清晰地印在他脑海里。

但是现在，支配这片矮竹丛的只有寂静。跟奈奈子两个人拨开竹叶、贴着地面进行地毯式的搜索也还是没能找到。

“没有啊！”

“这边也没有。”

稜太感到茫然，自己的期待与自信都太虚幻了。两人恋恋不舍地离开了矮竹丛，又不约而同地向小山上的旧城遗迹走去。爬到那里后累得气喘吁吁地一屁股坐在草坪上。对面小溪的附近有一座公园。

“每次来这儿都跟左武在一起，它不在感觉怪怪的。”

“跑了这么远了，到这里时一般都会觉得口渴。所以左武啊，会在那边的水龙头下喝水。”

矗立在那边的是只有一个龙头的小饮水池，它的四周用水泥砌了起来，流下来的水还可以拿来洗脚。两人站起来向那边走去。

“把水龙头拧开，不是就有水哗啦啦地流出来么？它会把头探过去在下面张大嘴巴接水喝。”

“没错没错！明明喝下面的积水就行了。不知道为什么它非要那么喝。”

两个人终于相视而笑，从公园的管理室里传来了甲子园拉拉队奏响凯歌的声音，还有击球声和欢呼声。

“好渴啊。”

一拧开水龙头，水就如泉涌般流出来，稜太弯下腰侧身过去用嘴接水喝。

“啊——真好喝！”

他抬起头，这次轮到奈奈子侧过身张开嘴，大量的水涌入口中。

“呼——解渴！”

“左武一直都这样，它一定是觉得这么喝比较爽吧。”

两人又不知不觉地开始往前走，继续寻找有一双漆黑眼眸的白色杂种狗。比赛结束的哨声响起。

“夏天啊！”

“盂兰盆节快到了。”

*

“奶奶，我们来了！”

连附近邻居都能听到的洪亮声音从敞开的玄关传来。翔连蹦带跳跑进来，过了一会儿，大辅和麻友美才出现在客厅里。

“妈妈我们来了，又要给您添麻烦了。”

“外面很热吧，我去切西瓜。”

对敏子来说，照顾来家里的客人是非常稀松平常的事，她从临镇嫁过来后一直都这样。丈夫是家中六兄弟的长男，附近还有很多亲戚常来串门，而且邮电局长跟当地人的交往也十分频繁，家里可以说一年到头客源不断。

已经仙游他界的公公婆婆那时候都还建在，又要养两个孩子，总之一年到头就是忙于操持家务。因为从小就在乡下长大，她从未对这样的人生抱有疑问。虽然快乐的事不多，但也不觉得照顾家人和做家务辛苦。

到明年丈夫就退休了，儿子一家再搬回来的话，就能过得稍微舒心点了吧。她茫然地想着。

“妈妈，我来吧。”

“妈妈您啊，偶尔也坐着歇歇什么都不要做。明天要去扫墓了，到时候还有很多事要准备。”

虽然儿子这么说，但是敏子很清楚自己不是那种坐下来等人伺候的人，嘴上答应着，手里也没闲着，将西瓜切好装盘端过来后才坐下。

“左武它……还没回来吗?”

对敏子来说,至今为止并没特别在意它的存在。她既不喜欢它也不讨厌它,只是早晚给它喂食而已,当做客人一样照料它。但是现在它不见了,才觉得悲伤的感觉每天都在一点一点地积累膨胀。

“爸爸也没什么精神啊。”

“左武,怎么了?”

还不了解情况的翔插嘴问。敏子就像说给自己听一样回答他。

“有段时间没回来了,你爷爷和奈奈子他们都去找它了。”

一家三口一边吐着西瓜子,一边聊天。

“乡下树林和草丛很多,肯定在某个地方。”大辅说。

“我要去看它。爸爸爸爸,左武在哪里啊?”

翔又口无遮拦地说出天真无邪的话,而大辅目前还对左武失踪这件事没有任何真实感,麻友美出来调节气氛。

“好了，翔。明天去扫墓之前大家一起去找左武吧。”

在敏子的眼中，儿子、媳妇、孙子一下子变得耀眼起来。

*

左武失踪的第二天奈奈子和稜太就赶回来了。那天正好是甲子园的开幕式，现在已经进入第八天第二轮赛事了。他们每天早晚还是会出去找两次，只是依然没有结果。厨房水泥地上没有狗的夜晚第九次到访了。

解决了早饭，稜太和奈奈子，加上大辅一家共五个人准备出去找左武。今天休息的茂和敏子也从别的地方开始找，大家约好两个小时后在墓地集合。

“是吗。这么拼命找难怪会晒得这么黑。”

“刚开始是会介意皮肤晒黑，不过后来就无所谓了。”

五个人的左武搜查队，顺着粗糙龟裂的乡间小道向前走。兄妹俩隔着细长的小道开始聊天。

“那，咱爸也出去找了？”

“嗯，每天早晚开着车到处去找。”

“他睡觉前还听那个吗？”

“对对，还是老样子。”

大辅吹起口哨。

咻——咻嗯咻嗯咻嗯咻嗯——咻——……

“……说起来，我到现在还能完整地吹出来真是了不起啊……”

两个小时后，七个人聚在半山腰的墓地。

“没找到啊？”

“没找到呢。”

大家沉浸在一片消极的气氛中。本来期待着借扫墓的机会聚在一起，人多说不定能找到，但事情似乎并没有想像中的那么顺利。

“来，先给祖先扫墓吧，我们拜托祖先大人保佑我们能找到左武。”

茂发话了。

在墓碑前，大家像以前一样各尽其职担负起自己的任务。有人将米饭和茄子等祭品摆放整齐；有人将提着的灯笼熄灭；有人用毛巾擦去墓碑上的灰尘；有人去汲水；有人去插花；有人点上线香……所有的一切都准备就绪后，以一家之长茂为首，大家按顺序在墓碑前双手合十祭拜。

茂、敏子、大辅、麻友美、翔、奈奈子、稜太，七个人都拜过后，开始为左武的事向祖先许愿。每个人口中都念念有词。

快回来吧！你在哪里？迷路了吗？有吃的东西吗？受没受伤？加油！左武。左左，好想见你。

线香的烟笔直朝上冒。

在墓地旁，蝉蜕下的外壳掉了下来。

*

漆黑的道路前方，路旁茂密的草丛被车灯一照，出现了只白色的大狗。在秋天的夜晚开着车缓缓向前行驶的茂立刻踩下刹车，在狗的旁边停下来。

但那只不过是四处游荡的流浪狗。找到现在，有的是拴在农民家门口的狗，有的是跟人一起散步的狗……都不是左武。

从左武失踪那天开始算起来已经两个月了，茂每天晚饭后都会一个人开着车出去找，偶尔从远处看到白色的狗，就会重复刚才的行动模式。

引擎声消失后，只剩下金钟儿的鸣叫和稻穗沙沙的声音在乡间小道上回响。这附近街灯和信号灯都很少，几乎没有往来的车辆。茂踩下加速器，车又缓缓地向前滑行。

又认错了，既然到这里都找不到它，再跑远一些去找也无所谓了。之所以来到乡间小道，是因为茂觉得只是开车在马路上找可能找不到，除非它偶尔在路边露个脸。

继续找吧，现在放弃还太早。左武，等着我！到了晚上一定要蹲在路旁。

将车内的音响声音调大，中音萨克斯后紧接着是高音萨克斯，朴素的旋律反复地演奏着。

从开着的窗户吹进来十月的风，已经带着凉意。

*

大年三十晚上，这家人跟其他人家一样，开着电视，把红白歌合战当背景音乐，谁都不会认真去看。自上次扫墓之后七个人再次聚在了一起，大家围坐在餐桌前一边吃东西，一边随意聊天。

“爸爸，听说您晚上还开车出去啊？”

“是啊，已经差不多快五个月了，还是找不到。”

茂回应大辅。

“一定在某个地方！虽然没什么根据，但是我就是有这种感觉。”

“左左，跑到很远的地方去了吗？”

奈奈子和翔的声音立刻插进来。

给大辅或奈奈子打电话的时候，敏子偶尔会聊起这件事，这种时候果然还是会提起左武。但是，除了茂还在继续寻找和左武不在这里的事实以外，大家已经不知道该说什么好了。也不是放弃了希望，只是都过了这么久了……一谈到这件事，胸口就像堵了块石头一样难受，所以大家都很自然地转移话题。

敏子关上窗户出了走廊，站在厨房的水泥地前。那里还放着左武的小窝和毛毯。白天大扫除的时候想扔掉的瞬间，她迷惑了。结果最后还是没舍得扔。白色的毛还粘在上面，跟五个月前左武在的时候一模一样。敏子拿起毯子凑过去闻了闻，上面还清晰地残留着左武的味道。

*

窗外，一群初中毕业的少男少女们手里拿着装有毕业证书的黑色圆筒，唧唧喳喳地从门前走过。大辅一家最近搬回了老家。在阳光下，连屋里的灰尘颗粒都清晰可见。大辅开始在榻榻米上拆刚从卡车上卸下来的纸箱。

已经二十年没在这里生活了。什么都没有变，家里也好，邮电局也好，周围的景色也好，还有附近的人。老爸今天又让他去熟悉邮电局的业务，今后的十五年他将在这里工作。以前那么讨厌一成不变的工作，现在已经习以为常。每天都期盼着能找到一点点变化，以自己的方式有尊严地努力工作。也许，他终于释然了。

墙上的挂钟响了两次，低沉的余韵在耳边缭绕。

离茂的公务员卸任还有几天，已经工作四十年了吧，自己连他的三分之一都不到。

正月里来这里的时候，为了尽早习惯工作，大辅翻看了邮电局的工作日志。架子上放有四十年的档案，虽然没有硬性规定要记录，但是茂每天都会写。是为了掩饰自己的无能吗？大辅在心里嘲笑他。

档案当中有当地人寄的贺年卡、暑期问候、结婚或葬礼的请帖，甚至还有点头之交的信笺记录。茂将这四十年的记录都整理得井井有条，一定很麻烦吧。在看不到的地方，他用这种方式来积累与人交往的信誉，想必付出了不少心血。老爸说不定是个很厉害的人。这种生活方式说不定也不错……大辅不由得这么想。

他探头望了望隔壁的房间，麻美子和翔早就累得在打盹了。

邮电局里，对外窗口有两名年轻的男性员工在默默地处理业务。年迈的局长在整理书架，就像在进行终点冲刺一样，他的动作异常敏捷，茂的脸上瞬间浮现出一丝笑容。

如果不整理好还不知道会被他说什么。嗯.这边基本上都整理得差不多了，总算可以松口气了。之后只要守着翔长大就行。人生，平安就是福。大辅很快就会明白，早晚有一天他会去感激这一成不变的生活。放弃了焦虑与抱怨，任由时光流逝……

茂看着窗外后院栅栏上挂着的牵狗的绳子。

跟左武一起散步持续了相当长的一段时间，十六年吧？狗的一生不也是每天重复着相同的事？那样它真的快乐吗？应该快乐吧。一直吃着相同的东西，一天中有半天都在睡觉，在同一条路线上散步。每天看着同一个人的面孔，从决定好的人那里得到食物，跟决定好的人出去。

人摸着狗微笑，狗对着人摇尾巴。

人看着狗，狗看着人。

然后，人与狗变得心灵相通。

左武，这些年来，你应该……过得很开心吧。

为了迎接三人的新家庭，茂和敏子将房间里很久没有动过、积满灰尘的地方都收拾干净了。两人一直到最后的最后还没有触及的地方，就是厨房间的那块水泥地。

“这个要留下来。”

将充满狗的味道的毛毯塞进塑料袋里，茂继续说。

“大概……不会再养狗了吧。”

“谁知道，到底要不要养就由大辅来决定吧。”

先把装有生活必需品的行李拆箱整理出来，今天就告一段落。大辅、麻友美和翔来到客厅时，发现厨房水泥地上的狗窝和毛毯已经不见了。

“翔啊，左武它好像去了很遥远的地方。”

听了妈妈充满无奈的话，翔大声回答：

“真的是这样吗？那我们再养一只狗吧！看到有伴了，左武说不定就回来了呢！”

“要养狗吗？好不容易搬到可以养狗的地方。”

"是啊,有必要好好考虑一下。"

刚买下需要贷款三十年的公寓,晚饭后夫妻俩正在闲聊的时候,敏子打了电话过来。短暂的通话结束后,奈奈子向正在喝酒的稜太报告。

"妈妈说,哥哥他们顺利搬过去了。还有……"

"还有什么?"

"左武的小窝,已经收起来了。爸爸今天……也没开车出去。"

"是吗,终于……七个多月了,爸爸能坚持这么久真不容易。"

"是啊。"

"你听说过老象的故事吗?"

"老象? 不知道。"

拿着高脚杯,稜太开始滔滔不绝地讲起来。

"其实去年夏天我就想讲这个故事,不过觉得一讲左武说不定就不回来了,所以没敢说。"

"不过听了刚才的话,我觉得爸爸已经整理好自己的心情,大哥他们一家也回去了,现在说出来也无妨。"

他看也不看沉默不语的妻子，像自言自语一样开始叙述。

“大象是群居的动物，但是年迈的老象会意识到自己的使命即将结束……”

“死期将近的时候，它会独自离开象群走进森林，成为对子孙后代来说重要的热带雨林的养分。”

“自己去……”

“对，自己去寻找死亡。”

稜太吐了口气，顿了顿，然后接着上面的话继续说。

“左武啊，它非常清楚，对自己的主人来说无可替代的、最重要的人不久就会回来。还有翔这个年幼的新生命。”

玻璃杯里的冰块哗啦地响了一声。

“面对世代交替的新主人，自己的使命已经结束了。还有，它同时领悟到自己的生命所剩无几。所以就……”

“就自己离开了家……”

“在新家庭的生活中，或许还是没有自己比较好。于是就在前行的队伍中退出来，静静地离去。”

一直沉默地听着他说话的奈奈子，向上望了一会儿，突然站起来去放CD。

用手擦了擦脸颊的湿润，再次仰望天空，挤出一句话。

“你真的都知道吗，左武？”

平常总是播放雷鬼音乐[①]和斯卡[②]的音箱里，放出的是有点听不惯的长笛演奏。

完全相同的旋律，在相隔遥远的乡间小镇的旧唱机里也在播放，不过此刻已经放到最后的大团圆，管乐器、弦乐器、打击乐……所有的声音都混在一起，热情奔放地演奏着。

这是舞者跳到最后，将酒吧所有的客人都带动起来跟她一起欢舞的场面。

---

① 雷鬼音乐(reggae)：一种由斯卡(Ska)和洛克斯代迪(Rock Steady)音乐演变而来的牙买加流行音乐。

② 斯卡(Ska)：牙买加的一种本土流行音乐形式。

在春天的夜晚，波莱罗的音乐反反复复地，在七个人的耳边回响。

父子、夫妇。

邮电局、工作、人、家族、世代、狗，还会不断繁衍传承下去。

他们带着各自的想法，进入各自的新生活。

停驻在他们心灵深处的，是他们熟悉的那只狗。

后记

归途中，坐在中央线电车上晃着晃着，突然有种想找人聊天的冲动。当时在听爵士吉他演奏家比尔·弗里塞尔的专辑 *Good Dog*，*Happy Man*。不知为何，在听的过程中脑海里就浮现"狗的协奏曲"这样的主题。就像喜欢的CD会反复听一样，我想，能不能做一本让人想反复翻阅的书呢……

这是在四年前的夏天，集英社的冈本正史先生发给我的E-mail。

我也很喜欢这张专辑，它并不是主流音乐，风格中带有艺术倾向，这种缺乏商业价值的专辑竟然能够发售，我在感到吃惊的同时，对这本书的构思也在脑海中逐渐酝酿起来。接下来，要将狗的主题与音乐联系在一起，这让我想起高一时创刊的一本摄影杂志《写乐》（小学馆）。在创刊号上刊登的魄力十足的冲浪照片下，有一段介绍音乐的文字。内容是这样写的："在看这一页照片时请听以下这张唱片……"这个策划充满了创意与崭新的构思，对当时的我来说是个强烈的冲击。

"想不想写一部以狗为题材的短篇小说？"之前被人问及的时候，脑子里明明一点概念都没有，在看过这封信之后的第二天，作为编辑也好作为作家也好，就开始有意识地去培养这种从未尝试过的文艺形式。

我从没想过要当小说家，在作品完成后回过头来重新审视，果然就像之前我所预料的一样——写小说的负担很重。尽管文笔拙劣我还是想尝试，是因为在小说的创作过程中可以或多或少地将内容与自己的经历挂钩，可以将以前不同寻常的感受与狗联系在一起，这就是我写这部作品的初衷。

那之后，在集英社的网页"s-woman. net"上连载了六回，虽然内容只有那么一点点，但是每次创作都超出想像的痛苦，切身体会到踏入未知领域的艰辛。一方面对创作小说感到吃力，另一方面又觉得“这么温吞的内容会有人看吗？”就在我内心纠结的时候，冈本先生给我的作品写了短评。

这既不是一部写“可爱的狗”的书，也不是一部写“可怜的狗”的书。真的主人公不是狗，难道说是人吗？更不像。它传达的是一种普遍存在的情感：人们在抚摸狗的时候，手与被抚摸的狗的背部之间，相互传达着不同生命形式温柔的爱意。大家都知道这本书描写的并不是自己特有的情感，却忍不住想再翻看一遍。它不是描写人或狗有多么优秀的赞美歌，而是一部描写在陷入困境时，生命之间相互支撑，步履蹒跚地坚强生活下去的诚实之歌。这部小说给人的感觉，就像在深夜中调低音量、仔细品味的吉他旋律一般。

感觉就像在写别人的后记一样（笑）。看完之后，觉得“原来这样也可以啊”，自己就不再过多纠结，继续跌跌撞撞地向前摸索。

虽说是写狗的题材，但基本上都是在写人。特别是《八点钟的柴犬》《你不孤单》《我们的赞美歌》《波莱罗与左武》这四章，有相当一部分是我自己亲身的经历，或者是我遇到的真实的事、真实的人、真实的狗。

没有母亲，小时候经常跟狗睡在一起；从香烟铺要来、活到十七岁的摇滚，它曾经半夜溜出去，后来被我在矮竹丛里找到；颓废的艺大重考生时代在名曲咖啡厅三年半的打工生活；三十二岁时的警备员生活；好像什么都懂一样，在恰当的时机从妻子的娘家出走的十五岁的左武。

还有一些，是我出于对狗的感情而编写的情节，穿插在故事当中：靠三只脚跑来跑去的约翰；寄养在亲属家却因交通事故死亡的豆丁；伯父“石黑猫犬宠物医院”里的患畜们；还有因为人与书这种不可思议的缘分相遇的众多导盲犬。

舞台、设定、故事、人和狗，将这些给我留下深刻印象的片段拼起来，是给心情的一个总结，是自己四十六年来的人生中，感动的、快乐的部分的写照。

连载时每次我都会将自己拍的照片贴出来，在出书的时候，只选了拉布拉多犬的“男爵”、杰克罗素梗的“马文”，以及两年前来我们家的豆柴“前辈”三只狗登场。很遗憾其他三只狗的照片已经被我登在其他书上了。

感谢给我做模特的六只狗和他们的主人[①]，还有将版面设计得跟想像中一样出色的有山达也先生。出版社方面，感谢热心策划、极力帮我推荐的集英社编辑清水智津子小姐，还有给了我很多客观宝贵的意见，并将作品推向终点的自由编辑南部麻子小姐，谢谢你们。

最后，当然是冈本正史先生。他给我创造了第一次写小说的机会，确定了内容的整体方向，不仅给了我明确的建议，还担任连载的负责人，直到出书为止一直关注着这部作品。我刚才将这四年来的 E-mail 又重新看了一遍，感激之情溢于言表。我所做的，只不过是照着乐谱生涩地将音乐演奏出来而已。这部短篇集，完全是靠冈本先生的指挥和鞭策才能完成。

2007 年 10 月

石黑谦吾

① 本文是作者为日本原版书所作序，此处指日本原版书。中文版因版式设计需求，以手绘图画取代了写实的照片。——编者注

印象中的歌曲与声音

除了跟每一章节有关的音乐与声音之外，还有一些是我在创作过程中反复出现在脑海里的音乐。回头重新看一遍时，才将这些音乐确定下来。过去的题材用的大多是比较老的歌曲，当然所有的音乐都是我喜欢的。这种发烧友类型的歌曲大多数人可能比较难以接受。如果大家愿意一边听这些音乐一边读我这本书的话，将是我的荣幸。

整个主题的基调

比尔·弗里塞尔：《Good Dog, Happy Man》专辑
(Bill Frisell, Good Dog, Happy Man)

第一章

帕赫贝尔：《卡农》
（Pachelbel，Canon）

艾伯特·哈蒙德：《落叶协奏曲》
（Albert Hammond，*For the Peace of All Mankind*）

第二章

《3D 写实自然音 海浪声》专辑

空气补给乐队：《错失的爱情》
（Air Supply，*LOST IN LOVE*）

鲍勃·马利：《Kaya》专辑
（Bob Marley & The Wailers，Kaya）

第三章

山弦《High life》专辑

吉尔伯特·欧苏利文：《再次孤独》引擎声
（Gilbert O'Sullivan，Alone Again）

第四章

穆索尔斯基:《展览会上的图画》
(Mussorgsky Modest Petrovich, *Tableaux d'une exposition*)

NRBQ 乐队:《We're Walking》

第五章

赞美歌:《天使歌唱在高天》
(Angels We Have Heard On High)

气志团乐队:《铁之心》
(氣志團:《鉄のハート》)

第六章

森高千里:《Hey! 狗狗》
(森高千里:《Hey! 犬》)

Franco Godi :《Signor Rossi》专辑

第七章

乔瑟夫-莫里斯·拉威尔:《波莱罗》
(Joseph-Maurice Ravel, *Boléro*)

夏季全国高中棒球大会主题歌：《桂冠让你更耀眼》
（《栄冠は君に輝く》）

甲壳虫乐队：《顺其自然》
（The Beatles，*Let It Be*）

◎封面狗狗制作说明◎

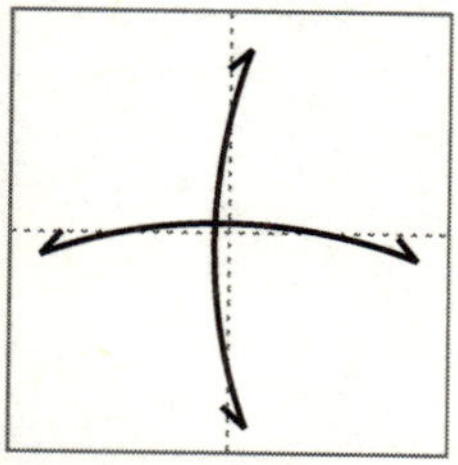

(1) 将正方形的纸横竖对折
然后展开

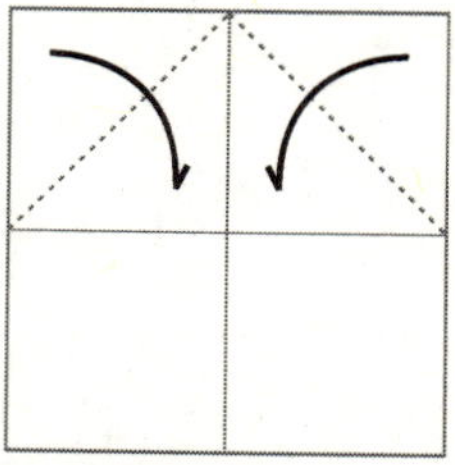

(2) 沿虚线向中间线对折

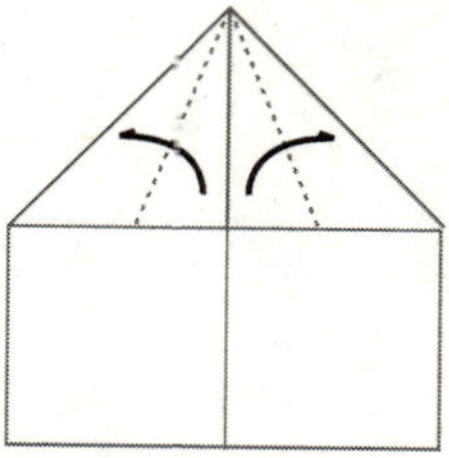

(3) 再沿虚线向外对折

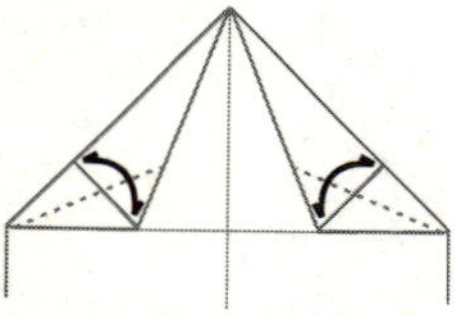

(4) 沿虚线对折留下折痕再展开

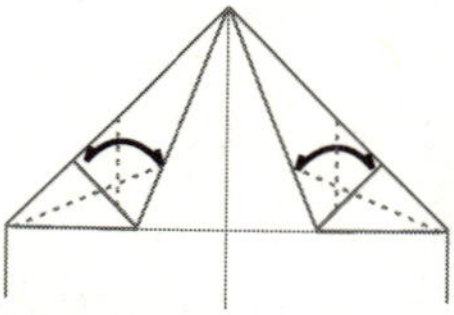

(5) 沿虚线对折

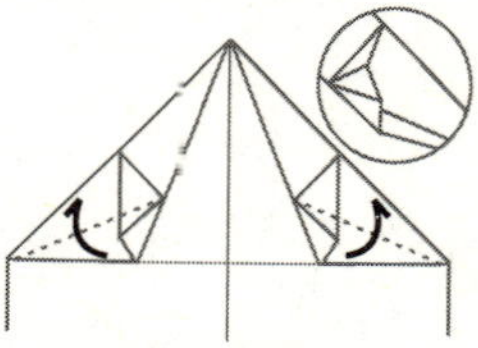

(6) 压平再沿虚线向上折

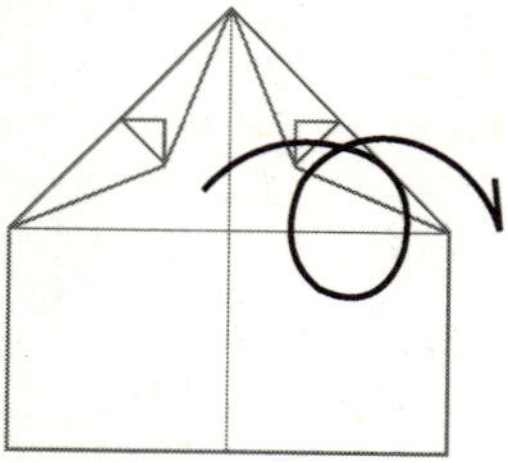

(7) 翻过来

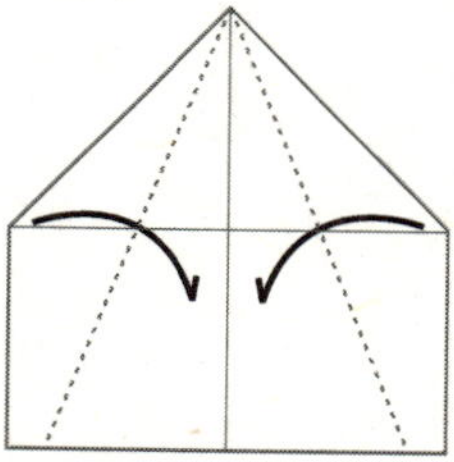

(8) 沿虚线向中间对折

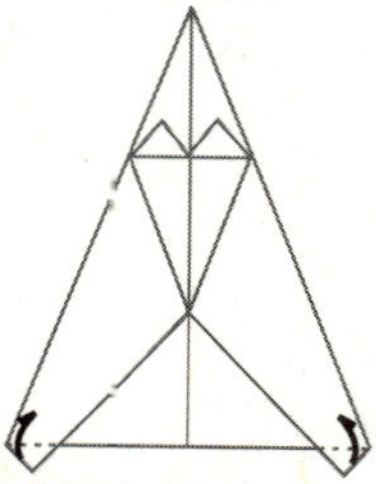

(9) 沿虚线向上折

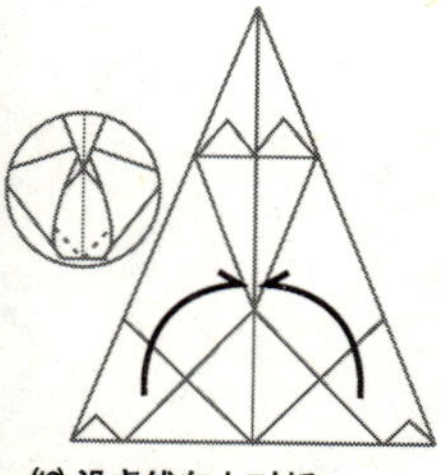

(10) 沿虚线向上对折

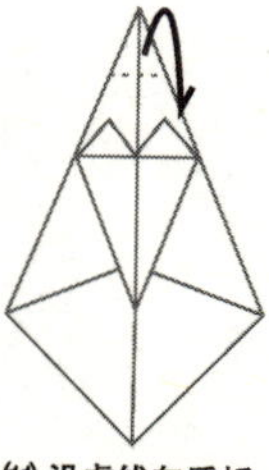

(11) 沿虚线向后折

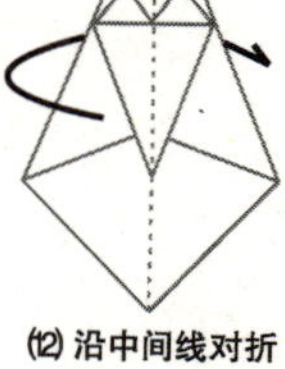

(12) 沿中间线对折

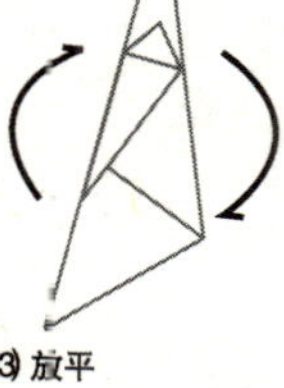

(13) 放平

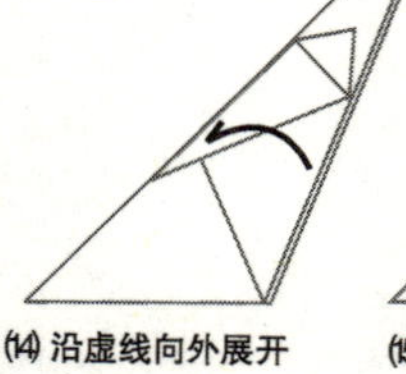

(14) 沿虚线向外展开

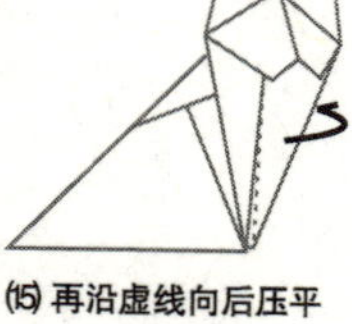

(15) 再沿虚线向后压平

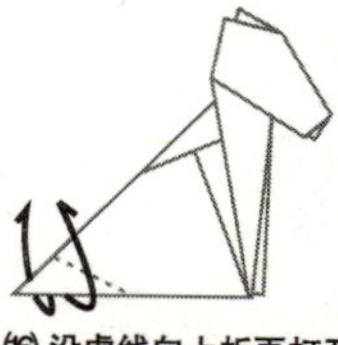

(16) 沿虚线向上折再打开

图书在版编目（CIP）数据

你不孤单／（日）石黑谦吾著；黄文娟译．—上海：上海人民出版社，2009
ISBN 978-7-208-08709-5

Ⅰ．你… Ⅱ．①石… ②黄… Ⅲ．短篇小说－作品集－日本－现代 Ⅳ．I313.45

中国版本图书馆CIP数据核字（2009）第122688号

策划编辑　肖　菲
责任编辑　肖　菲
装帧设计　友　雅
内文插图　古　月

世纪文景

你不孤单
石黑谦吾 著　黄文娟 译

出　版　世纪出版集团　上海人民出版社
（200001　上海福建中路193号　www.ewen.cc）
出　品　世纪出版股份有限公司　北京世纪文景文化传播有限责任公司
（100013　北京朝阳区东土城路8号林达大厦A座4A）
发　行　世纪出版股份有限公司发行中心
印　刷　北京中科印刷有限公司
开　本　850×1168毫米　1/32
印　张　4.5
插　页　9
字　数　51,000
版　次　2010年1月第1版
印　次　2013年1月第3次印刷
I S B N　978-7-208-08709-5/I·706
定　价　24.00元